ムサシは戦場で散った

濱田恭徳
HAMADA Yasunori

文芸社

目次

はじめに　5
第一部・ムサシは戦場で散った　7
第二部・最強の兵士　67
第三部・レン外伝　95
第一章・ジェントル　96
第二章・トール　105
第三章・ジュースド　113
第四章・バトルロイヤル　135
第五章（最終章）・マナ　140

はじめに

みなさん、はじめまして。著者の濱田恭徳です。

今回は私の処女出版の作品をお買い上げ頂き誠にありがとうございます。

今回の作品においては仮想世界の物語となっておりますが、一部、現実世界の国名、団体名が登場しております。

これについてはこの作品のコンテンツが私の過去に無給で命を的に賭け働いた体験を色濃く反映している性質上欠かせないものでございます。

読者のみなさまにおかれましては色々とご指摘やご批判されたい気持ちも重々承知致しておりますが、例えばアラン・ドロン主演の仏映画作品「太陽がいっぱい」が、ストーリー展開において整合性がとれない部分を指摘されていても青春映画として一定の高評価を受け支持されているように、今回の私の作品においても矛盾点を差し引いても戦争物のエンタメ小説として楽しんで頂ければ幸いに存じます。

令和四年十二月二十八日

濱田恭徳

第一部・ムサシは戦場で散った

「ムサシが逃げたぞー」

「裏切り者のムサシが逃げた」

「見つけ次第殺せー」

俺は深夜寝込みを襲われそうなところをワイルドブロッカーズのアジトから逃げようとしていた。

俺を助けて情報を流してくれたのは俺の息が掛かった直属の部下からの緊急通報のおかげだ。

「ムサシ一佐、何も言わずに今すぐ逃げて下さい、創始者から手配されています」

「何っ、……分かった」

俺は礼を言う暇も無く急いで身支度をするとすぐさま部屋を後にした。何故俺が裏切り者の烙印を捺されなきゃならないのかは分からない。おそらく創始者のテッシンのこじつけだろう。いつもの事だ、アイツはいつもそうやって軍の規律の引き締めと兵士の不満の分散を図る……それがとうとう俺にまで廻ってきたのか……まあ、だがそれだけだ。

実際のところ今まで俺はワイルドブロッカーズから逃げられなかっただけだ。

こんな掃きだめのような傭兵部隊から……。

俺は戦争孤児で両親も分からずに彷徨っているところをテッシンに拾われた。俺が三歳の頃だ。

後に一世紀戦争と呼ばれる約百年続いたこの戦争は俺が傭兵になった頃には戦争の大義もきっかけとなった理由も皆わからないままただひたすらにある者は逃げ惑い、ある者は戦いに巻き込まれ続けていた。

俺は疲れていた。みんな疲れていた。

俺はテッシンに拾われてからすぐテッシンが創設した傭兵部隊であるワイルドブロッカーズで小間使いとして働かされた。

テッシンは日系の元政治家で軍隊経験が無くこの一世紀戦争を商機と捉え傭兵部隊を創設したらしい。要は金の為なら何でもやる戦争の小間使いだ。その上軍事経験が無く統率力も無い為、試行錯誤の末兵士の不満のはけ口や気を紛らわせる為に思いついた事を何でもする。

俺も両親が日系であるという事だけは物心が付いた頃にテッシンから教えられた。ムサシという名もテッシンが日本の昔の武人にあやかって俺に名付けたそうだ。だからお前には特別目をかけてやってるとも度々言われもした。実感した事は一度も無いが。

俺は傭兵として訓練を重ね少しずつ人殺しの技術を学んだ。

気がつくと俺はワイルドブロッカーズのリーダーになっていた。傭兵部隊のワイルドブロッカーズには兵士や兵士上がりの参謀はいない。傭兵の最上級の階級も隊に発言権が及ばないよう最高が一佐までだ。金さえ貰えれば不満の無い正規軍上がりや俺のような孤児上がりからはそれでも今までこれといった不満が噴出する事は無かった。

だが俺が一佐になって部下の声を丹念に拾うようになってからは俺の存在が疎ましくなってきたんだろう。それぐらいは容易に察しが付く。

そして今、俺は裏切り者の汚名を着せられて部隊を追われている。ワイルドブロッカーズの創始者であるテッシンと幹部達によって……。

傭兵達の気を引き締め、脱走兵を無くし、その他様々な不満を逸らす為に計画されたいつものやり口にうんざりしながら俺は今逃げている……俺は死なない……このまま何も得ずにしては……。

俺は部隊の裏口を辿っては逃げ道を探し続け、ジープに乗り、裏出入り口にまで差し掛かった。ここまで何とか人目を避け銃撃を逃れてきたが、出入り口の突破だけは不可能に思えた。

（ここまでか……だがやってみるしかない）

俺はジープをゆっくりと動かして裏口に向かった。

裏口には門番が二人、銃を構えて立っていた。俺は出入り口に近づくとジープを止め、努めて冷静に門番に命令した。

「ムサシだ、これから極秘の偵察に向かう、通してくれ」

「ムサシ……一佐……」

ムサシに気づいた門番は一瞬顔を見合わせ苦悶した。

（やはり情報は廻っているか……兵士は二四時間勤務だしな）

ムサシは覚悟した。この場で射殺されるか、それとも拘束され軍法会議にかけられるか、だが顔を見合わせひそひそと何か話し合った門番はムサシにこう言った。

「ハッ、お通り下さい、今門を開けます」

「ご苦労」

（見逃してくれるのか……助かった……）

ジープを前進させ、部隊のキャンプ地から今まさに脱出しようとした時、門番の右側に立っていた兵士がムサシに訊いた。

「一佐、何か武器はお持ちですか?」

「いや急いでいたので持ってきてない、丸腰だ」

「ではこれをお持ち下さい」

「うむ、助かる」

「ではご武運を」

門番は俺に自動小銃と手榴弾を渡すと何事も無かったように扉を閉めた。

きっとこの後、あの二人は殺される、今まで数え切れないくらい人を殺してきたが、仲間を自分の為に見殺しにするのは気が引ける。

ムサシは心から感謝すると同時に激しい胸の痛みを感じた。

ムサシは裏門を出てアジトを脱出するとジープを飛ばした。アジトを出ると、海岸線までそこは砂漠地帯だ。ムサシが傭兵として戦地に赴いて大勢の犠牲を払い獲得したこのアジトの一帯はデザート作戦と呼ばれた領土獲得戦によって得たものだ。

ムサシがまだ一兵卒として作戦に参加した時、隊を率いていたアラシ准尉が苦悶し続けていた。アジト獲得の為、砂漠をただひたすら行軍する無謀な作戦によって大勢の兵士が命を落とした。激しい戦闘と灼熱の風土、飢えに苦しみ、兵士達は使い捨て乾電池のように扱われた。

領土を獲得した時にムサシの所属していた二十人の部隊で生き残ったのはムサシとアラシ准尉の二人だけだった。

アラシ准尉は事後、涙ながらに報告した。

「自分とムサシ隊員を除いて敵、味方ともに生存兵は無く……」

アラシ准尉の嗚咽混じりの報告を聞きながら、テッシンは、

「うむ……ご苦労……そうか、領土を獲ったか」

と冷たく言い放ったものだった。

テッシンの満足げな薄ら笑いに俺は激しい憤りを感じたものだった。

ジープが砂漠地帯を抜け海岸線に辿り着くと、海の向こう側には潜水艦が浮上していた。

俺はジープを止めるとデッキに向かってサングラスとマスクで顔を隠したまま合図を送った。

「コチラ異常ナシ、異常ナシ、我、偵察任務を継続ス」

潜水艦が海面から海中に潜ると俺は海上任務に当たっていた頃の事を思い出していた。

あれは確かマリンブルー作戦の時だったか……。

マリンブルー作戦は俺が初めて海上任務に就いた時に行われた作戦で、当時俺は准尉に昇進していた。

任務にあたって潜水艦のデッキで上官のフェイ一佐に面会した時はフェイ一佐の美貌に驚いた。フェイ一佐は中国系の元海軍兵あがりで四一歳だった。ワイルドブロッカーズの中でも極めて稀な女性兵士で、史上初の女性リーダーに上り詰めていた。海中戦のスペシャリストだと聞いていた。

俺がフェイ一佐に挨拶しようと近づくと、俺の部下になりたてで今回が初任務の軍曹がフェイに向かって敬礼して言った。

「自分は今回が初任務であります、フェイ一佐、お手柔らかにお願いします」

フェイ一佐はまばたきで挨拶に応えた。続いて軍曹は俺に向かって言った。

「ムサシ准尉でありますね、ムサシ准尉もやっぱり日本人でありますね、自分も日系であります、准尉の事は名前ですぐ分かりましたよ」

「くだらん事を言うな」

「まあ、良いから」

「お前……」

軍曹は俺には敬礼しなかった。

(コイツ、わざと、やっぱり知ってる……一佐が女だからと思って舐めやがって)

俺がその自称日系の軍曹に不快感を覚えると同時にフェイ一佐の直属の古参の兵士が軍曹を怒鳴りつけた。

「お前デッキで上官に敬礼するんじゃねえ、誰が偵察してるか分からないんだぞ、階級をみすみす教える馬鹿がどこに居る」

軍曹は怒鳴られても謝るどころか古参の兵士に怒鳴り返した。

「ははん、お前さては中国系だな? だから同じ中国系の女兵士の肩持つんだろう? なあ? お前ら」

軍曹は仲間の兵士二人に目配せすると、自分はさも悪くないように同意を求め開き直った。後で知った事だが、三人は日本の自衛隊出身の流れ者で自分達が日本人である事にプライドを持ち、アジアの、特に韓国系や中国系の人間を見下していた。

「お前、ヘッポコのくせに何偉そうな事抜かす」

「お前こそヘッポコだろ」

「やるか」

軍曹は仲間二人と一緒になって古参兵に殴りかかった。乱闘になった様子を確認するとフェイは俺に命令した。

「ムサシ准尉、これがお前のここでの初任務よ、見事収めてみなさい、お前はどっちにつくの？」

俺は迷わず三人がかりで古参兵に殴る蹴るの暴行を働いていた日系の兵士達を組み伏せに掛かった。

「止めろ、やめんか」

俺に組み伏せられそうになった軍曹は憤りを隠せない様子で俺に口応えしてきた。

「どうしてムサシ准尉はこんな奴の肩を持つんですか？」

俺は尚も納得のいかない様子の軍曹を殴りつけると言った。

「お前等、三人がかりでよってたかって卑怯だと思わないのか？　それに今回の件は明らかにお前が悪いだろ、知ってたんだよな？　知ってて敬礼したんだよな？」

「いや、自分は、自分は……」

「こんな時代に日本人も中国人もあるか」

俺は自分の出生について思いを巡らせながら軍曹を殴り続けた。俺がもし日本人で無かったら……もし同じ日本人のテッシンに拾われなかったら……なのにコイツらは……。

「ムサシ准尉、もういいです、止めてください、コイツが死んじゃいます」

ムサシが庇った古参兵がムサシの余りの迫力に思わず喧嘩相手を庇おうとした。

「お前らは、どうしていつまでたっても」

古参兵の言う事も聞かず泣きじゃくりながらムサシは殴り続けた。

「もういい、分かった、止めろ、止めなさい」

フェイ一佐が一喝して事態を止めてようやく騒ぎは収まった。

騒ぎを起こした四人が船室で治療を受けていると、治療に当たっていた衛生兵が軍曹を諭すように語りかけた。

「アンタが日本に誇りを持つのは別に悪い事じゃないよ、でもここでは同じ日本人で創始者のテッシンのせいでみんな口では言わないけれども悲惨な目に遭ってる。アンタ達が日本人だからといってテッシンは利用はしても我が身になって庇ってはくれないよ。そのうちみんな骨身に染みて分かるようになる。ムサシ准尉もテッシンに拾われなけりゃこんな目には遭ってなかったかも知れないんだ。だからあんなに怒ったんだ。だからせめて仲間内だけでも仲良くしようじゃないか。頼むから味方を後ろから撃つような真似だけはしないで欲しいんだ」

衛生兵に手当てを受けながら諭された軍曹は、恐る恐る衛生兵に訊いてきた。

「噂は耳にしてるが、ここ、そんなに酷いのか?」

「酷い」

衛生兵は力なく呟いた。

「……済まなかったな」

軍曹は初めて古参兵に詫びた。

「俺こそ」

「お前の右、効いたぜ、名前は？」

「タオだ」

「そうか、俺はタロウだ」

「拳法の達人だ」

「ハハッ」

「これからよろしくな」

「ああ……」

「お互い絶対に生き残ろうぜ」

「そうだな」

様子をのぞき見ていたフェイがムサシに言った。

「収まったようね、お前の最初の任務は合格よ」

作戦室に向かう途中で俺はフェイに質問した。

「一佐、今回の任務は楽だと聞いてますが……」

「フェイで良いわ、楽な任務なんて有るわけ無いじゃない」

「でも今回はただの戦艦の護衛だと」

「敵対するハンマーヘッドシャーク軍は海中戦のプロ中のプロよ。今まで何隻も海中から戦艦を海に沈めてる。だから今回うちに護衛の要請が来たのよ」

「そうなんでありますね、道理で……」

「この潜水艦の購入費用はワイルドブロッカーズの経費を相当食ってる、だからテッシンは少しでも回収したいのね」

俺はフェイの誠実な対応に徐々に心を許していった。

「噂には聞いてます」

「私も海上任務ばかりで陸が恋しいわ」

「そのうちすぐに陸に上がれますよ」

戦艦の護衛は神経を使い、且つ退屈なものだった。ソナーの僅かな音響にやきもきし、敵の潜水艦との遭遇や魚雷の発射にビクビクした。

フェイはそんな中、見事な指揮を発動していた。統率力、状況判断力、情報解析力、どれをとっても船長に相応しく、海兵達の確かな信頼を勝ち得ていた。

このまま何事も無く護衛任務が終了し、俺の初海上任務は成功するかに思えた。

「ムサシ、このまま給油艦に接続して給油と食糧補給を終了すると後は一気に目的地まで行ける筈よ」

「そうですね、フェイ、任務の無事完遂は目の前ですね」

フェイは隊員の皆に階級では無く名前で呼ばせ、親近感を持たせていた。俺もそれに見習って隊員に名前で呼ばせ対応するようになっていた。

戦艦が補給を済ませ、護衛の潜水艦が補給に入ろうとした時だった。ソナーが異常なノイズに気づいた。

「フェイ、魚雷です」

「どこに隠れてたの？　気配が全くしなかったわ、給油を待ってたのね。総員戦闘配置、戦艦の右舷、左舷、どっちに向かってる？」

「いえ、魚雷は本艦に向かってます、ああ、……来る」

ハンマーヘッドシャーク軍は護衛の潜水艦を先ず撃破して機先を制する作戦に出たようだった。

激しい振動と共に俺とフェイは船室を転げ回った。気がつくと海水が船室に入り始め、俺とフェイだけが酸素の残る船室に逃げ込んでいた。

「ムサシ、隊員の安否と船艦の状況は？」

「戦艦も海に沈められた模様です、生存兵も目視できません、この辺りで生き残っているのは自分達だけであります」

「厄介な事になったわね、ここから脱出する術は？」

「救援を待つしかありません、例によってワイルドブロッカーズからの救援は期待出来ません。戦艦の救援隊に期待するのみであります」

俺とフェイは救援を待った。幸い酸素ボンベが船室に充分あった事と船室にも空気が残されていた事もあって窒息する事だけは免れそうだった。

だが幾ら酸素が確保されていても一週間も船室に残されていては飢えと喉の渇きでさすがに二人とも疲れ果てていた。

俺とフェイは互いに励まし合い、気を逸らせ合いながら救援を待ち続けていた。

「ムサシ、……一体いつになったら救援が来るんだろう」

「そのうち、今すぐにでも来ますよ、船艦の生存者を放ってはおかないですからね、フェイ」

俺とフェイは励まし合っていたが、喉の渇きを我慢できず、海水を飲んでしまい、体力は一気に低下した。

海水も胸元まで迫ってきて俺達は時々足をバタつかせながら何とか救援を待っていた。

俺は状況を打開しようと辺りを見回していると、一匹のサメがこちらを窺っているのが目に入った。サメは二人の血の臭いを嗅ぎつけて来たようだった。

(俺もフェイもこれといった怪我をしていないのに、何故、血の臭いが……)

俺が不審に思いながらフェイを見ると、フェイが海水に浸かった下半身の股の間から血を流していた。

(フェイが生理になったのか……)

フェイの経血は収まらず血の臭いに興奮したサメが船室のドアを今にも破ろうとしていた瞬間、俺は決意した。

「フェイ、ちょっと待っててください、今食料と水分を確保してきます」

俺は腰に付けてあった反射でサメを刺激しないように青い塗料を塗ってあるナイフを手にするとサメを仕留めるためにドアに近づいた。息を止め海中に潜りドアで挟んでサメを格闘の末仕留めるとフェイの元へ向かいサメの肉片を差し出して言った。

「フェイ、サメの血です、海水よりずっと良いですよ、こっちは肝油です、栄養がつきますよ」

フェイの疲労はピークに達していた。いくら鍛えていてもやはり女だった。海面から浮き上がるだけで精一杯のフェイにはサメの肝油を食べる体力はもう残っていなかった。俺はやむなくサメの血を飲ませ少しでもフェイの体力を回復させようとした。フェイはサメの血を僅かばかり飲み込むとムサシに懇願するように言った。

「ムサシ、私お願いがあるの。実は私には娘がいるの……あの子にこれを渡して私の稼いだお金を渡して欲しいの……」

そういうとフェイは首に掛けてあった身分証の付いているネックレスをむしり取り、ムサシに渡そうとした。ムサシは迷った。

（知るか、自分で渡しに行け、こんなところで諦めるのか？　お前が死んでもテッシンは見舞金なんか寄越さないぞ、お前が娘を守れ）

よっぽどそう言ってフェイを怒鳴りつけようと思ったが、フェイの残された体力を考えるともうだめだと判断した。

「フェイ、分かった。後の事は何も心配しなくていいから、全部俺に任せて下さい」

「有り難う、ムサシ。娘はシェルターシティかピースアイランドにいるわ、名前はエ……リ……」

ムサシの言葉に満足したフェイは娘の名前を言い切ることなく力尽き、海中に沈んでいった。

（フェイ、俺、あなたに娘がいるなんて知りたくなかった、俺はあなたが……）

一人残されたムサシはサメの血と肝油で体力を幾分か回復させ救援を待った。戦艦の救援が来たのはその三五時間後だった。ムサシ及び数少ない生存兵がワイルドブロッカーズに帰還して戦闘の様子を報告してもテッシンは労を労らわなかった。それどころか、潜水艦の損害で大赤字だと憤慨していた。

＊

俺は逃げた。海岸線を横切り、食うも食わず、飲みも飲まず、ジープのガソリンを強奪し、僅かな武器で身を守り、ワイルドブロッカーズ史上最強の兵士と呼ばれる実力を発揮して逃げ続けた。俺の抵抗振りにテッシンも俺を裏切り者に仕立てた事を少しは後悔しただろう。

そんな俺は何とかピースアイランドに到達していた。ピースアイランドは戦地の中にあって存在する数少ない平和的な独立地域だった。俺はピースアイランドの入り口に辿り着くと護衛の兵士に言った。

「何か食べ物をくれ、あと水も」

付近にいた住民は恐る恐る様子を窺っていた。

（ここは平和なんだな、住民もいる、ここの人達なら或いは……）

ムサシが感じた通り、ピースアイランドの護衛は他所からの流れ者を邪険にしなかった。不審な侵入者扱いせず、短い時間話し合い、長老の意見を聞いた。ムサシはピースアイランドの入り口で立ったまま待たされた。追っ手は迫っていた。

長老はムサシに近づくとおもむろに結果を伝えた。

「君はあの噂のワイルドブロッカーズのムサシだね」

「そうだ、だが俺は今身に覚えの無い容疑で組織に追われている」

「水と食料だけでいいのかね、その後はどうするつもりかね」

「行くアテは無い」

「ふうむ……実はさっきみんなで手短に話し合ったんじゃが、君をこのピースアイランドに条件付きで迎え入れても良いという結論になったんじゃよ」

「そうして貰えると凄く助かる」

俺は内心小躍りした。

「条件というのはそんな難しい事じゃ無い。君のキャリアと経験をここで活かして欲しいということじゃ」

「つまり？」

俺は嫌な予感がした。

「君はここピースアイランドで住民を守れるかね。つまりはここで兵士として働くかね？　その気はあるのかね？　どうじゃな」

俺は迷った、兵士の仕事ならお手の物だった、どうせ首尾良く迎え入れられても他の仕事は出来そうに無かった。だが逃亡の果ての心身の疲労でつい弱気な本音が口を突いて出てしまった。

「俺はもう兵士は嫌だ、静かに暮らしたい」

ムサシの言葉を耳にした長老は、

「そうか……もう兵士は嫌か……残念じゃな……うむ……それじゃあ悪いが……しかし儂は君に願ってるんじゃよ、君の幸運を……グッドラック」

（やっぱりここも駄目だったか……せめて水と食料とあと出来ればガソリンを少々貰えてたら……）

ムサシが諦めて止めてあったジープに向かって背中を見せた時、ムサシは背後から追って来たワイルドブロッカーズの兵士にバーナーで背中から下半身を焼かれた。

（くそっ、岩陰に潜んでいたのか……音を立てないようにバーナーまで用意してたのか……迂闊だったぜ）

ムサシは激しい痛みを感じながら思った。

（俺らしい……終わり方だ……チープな世界にチープな人生……実に俺らしい……）

ムサシが覚悟を決め笑みを浮かべた時だった。ピースアイランドの一人の若くて美しい女性が身を捨ててムサシを庇った。エリナというその若い女性の思わぬ助けにムサシは戸惑った。

（この女……どうして？……武器も持たずに俺を庇うと一緒に焼け死ぬぞ……それにしても、どうして俺なんかを？……）

エリナは鳶色の瞳いっぱいに涙を浮かべながら、ムサシに訴えかけた。

「どうしあなたはそう簡単に諦めて命を粗末にしようとするの？　こんな時代には生きたくても生きられない人達がいっぱいいるわ。なのにどうしてあなたはそんなに自分の命を軽んじるの？　さっき死ぬと思って笑ったわよね？　命は奇跡よ、命は重要よ、命は美しいものよ。私は絶対に許さないわ、あなたのように命を軽んじる人を。あなたなんか大っ嫌い。だからあなたを助けるわ、簡単に死なせてなんかあげないんだから」

（気持ちは嬉しいが、そうは言ってもなあ……もう追っ手に追いつかれてるし）

ムサシは身動きが取れずに観念しているとエリナ共々二人を助けるべく、ピースアイランドの兵士達がワイルドブロッカーズの追っ手に反撃してきた。

エリナとピースアイランドの兵士達がムサシを助けたのには理由があった。

ムサシがバーナーに照射される寸前、物珍しそうに無警戒でムサシの右脇に近寄ってきた年端もいかない子供をムサシは咄嗟に右手で払いのけて守ったところを見たからだった。

予想外のピースアイランドの兵士の反撃に、ムサシを門前払いすると思っていたワイルドブロッカーズの追っ手達はおののいた。追っ手の動揺で一瞬間が空き、兵士はムサシとエリナを救出するのに充分な時間と手段を得た。

追っ手が退却していくのを確認すると俺は、

「一時間後に隊列を組み直してまた来るぞ」

と言い残し意識を失いかけた。

途切れ途切れの意識の中でムサシが覚えているのは、エリナとピースアイランドの住民から手当てを受けている時にここピースアイランドでも貴重な水を、

「もっと水をムサシに掛けてやれ、もっと水を」

と惜しげもなくムサシに与えた住民達の声とその姿に生まれて初めて感動して涙は決して流さず泣いていた自分の姿だった。

ムサシの意識と体調が回復し、ピースアイランドの兵士がワイルドブロッカーズの追っ手からムサシと住民を守り続けていたある日、ムサシは長老に再び面会すると、長老に告げた。

「俺にもここの人達を守らせてくれませんか」

長老は喜んだ。俺はこの場所で生涯を送ると決心した。

そして俺はピースアイランドの兵士達と共に護衛任務にあたる事になった。

俺は任務にあたり、まず最初に兵士達の訓練を行った。俺が会得してきた殺人コマンドの技術を教え、戦いに有利な戦術を教え、効果的な防衛術をレクチャーした。

時に議論を戦わせ、俺の能力の全てを惜しみなく伝授し続けた。

ピースアイランドの兵士達は元々の潜在能力も高くスポンジが水を吸収するように戦術を会得していった。

それに伴いワイルドブロッカーズや他の武装勢力からの侵攻からも尚一層容易に地域住民や領土を防衛出来るようになった。

ムサシは住民や兵士からの厚い信頼を受けるようになり、これには長老も大いに喜んだ。

そしてその半年後、ようやく一世紀戦争が終結した。

ピースアイランドにも平和が訪れ、人々は笑顔と歓喜に酔いしれていた。

一世紀戦争が終結し、ムサシ始め護衛の兵士達の負担も軽くなっていたある日、ムサシは護衛の兵士から不穏な噂を聞いた。

「ムサシ、昨日西の入り口で護衛に就いていた兵士が何人か殺られたらしい」

「何っ？　軍隊崩れのごろつきか？　ちょっと厄介だな、お前も気を引き締めろよ。で、相手の素性は分かってるのか？」

護衛兵士は続けて俺に言った。

「自分の事をハスラーと言ってたらしい。また来ると言い残してピースアイランドには侵入しなかったらしい。昨日急いでその事を長老に話したら、長老がハスラーとは絶対に一対一のドッグファイトをしちゃいかんと言われた」

それを聞いたムサシが言い放った。

「俺がやる、俺がそのハスラーと戦う」

「ハスラーは護衛の最後の兵士を殺る前にこう訊いたそうだ。『俺と賭けギャンブルをしないか？　もし俺が賭けに勝ったらお前の命を貰うがもしお前が勝ったら逃げる時間の猶予を与える、どうだ？』」

「それでどうした？」

「最後の兵士は賭けギャンブルに負けて無残に殺されたそうだ」

「ふざけた奴だ」

「でも相当強いらしいぞ」

「俺がハスラーをドッグファイトで倒して敵《かたき》を取ってやる」

「どうやってハスラーと連絡を取る？」

「軍関係者なら俺にルートがある」

ムサシは激しい怒りを感じながら一人考えていた。

（ギャンブル好きならこのギャンブルにハスラー攻略ポイントがあるかもだな）

ハスラーはやはり軍関係者だった。ムサシが昔の伝手で連絡を取ると元ワイルドブロッカーズのムサシならとハスラーは容易に乗ってきた。

ハスラーとピースアイランドの外れで対峙したムサシは、ハスラーの洗練された動きに驚愕した。

（身体のキレからくる運動能力、反射神経、共に常人のものじゃ無い。これでは俺は太刀打ち出来ない、何とかしてコイツに接近して隙を突かねば。幸いコイツはすぐにはトドメをささずに賭けギャンブルを持ちかけてなぶり殺しにするのが好きと聞いている。それに賭けるしかない。情報があって良かった）

ムサシはわざとトラップに引っかかる振りをしてハスラーに白旗を掲げ降参を申し出た。

ハスラーはムサシの予想通りその場で殺さず、ムサシに銃口を向けたまま笑いながら訊いてきた。

「賭けギャンブルをしないか?」

「賭けとは?」

ムサシはわざと知らない振りをして聞いた。

「このままお前を殺してもいいがそれだけじゃつまらない。もしムサシ、お前が俺との賭けギャンブルに勝ったらお前に逃げる時間の猶予を与える、どうしますか?」

ムサシは問いに応え懇願した。

「頼む、チャンスをくれ、お願いだ」

ハスラーはその様子を見て笑った。

「仮にも前ワイルドブロッカーズの元一佐がそんな無様な姿を見せるのか? 噂のムサシも大した事無いなあ。でもまあいっか、OK、チャンスをやるよ。ただ殺しても面白くないもんなあ。カード(トランプ)? 手品? それともいっそのことジャンケンで決めるか?」

「最初は、カードをしたい」

「最初? 戦士の勝負に泣きなんか無えぜ、チャンスは一回こっきりだぜ」

「俺は仮にもワイルドブロッカーズの元リーダーだ。無様に死んで元部下達の笑いぐさになるのは嫌だ。どうせ死ぬならかっこよく死にたい。せめて三回勝負をしてくれないか？その代わり、お前が賭けに勝つ度に手付けとして俺の腕なり足なりを吹っ飛ばしてくれて良い」

ハスラーは迷った。

「うー……分かった。確かに俺はネオワイルドブロッカーズの兵士でもあるしな、裏切り者とは言えムサシの事はある程度リスペクトもしている。ＯＫ、三回チャンスをやろう。お前の申し出に応えて俺も、もしお前が賭けギャンブルに勝ったら逃げる時間の担保として俺の利き腕を撃たせてやる、それでいいな」

「上出来だ」

（やはり乗ってきたな、しかしネオワイルドブロッカーズとは？　一体……）

「俺はブラックジャック、手品、ジャンケンの順でリクエストする」

「それぞれの勝負は一回こっきりの勝ち負けで良いのか？」

「三回やったうち、先に二度勝った方の勝ちだ」

「それも三回か？　粘るな、まあいいだろう。さすがはワイルドブロッカーズだ、諦めが悪いぜ」

「どっちが先にカードを配るかコインで決めるぜ」

「分かった」

「表？　それとも裏？」

ハスラーは持っていたコインを指ではじき空中に投げ、両者に分からないよう右腕で受け取りざま左手の掌で隠すとムサシに表か裏か訊いた。

「俺は表だ」

「じゃあ俺は裏だ」

「おう……表だ、ムサシ、お前幸先が良いな。じゃあムサシ、カードを受け取れ」

ハスラーはカードをシャッフルすると先ずムサシに配った。カードを配り終えるとハスラーはムサシに聞いた。

「カードを何枚交換する？」

「俺はこのままで良い」

「じゃあ俺は二枚交換するぜ」

ムサシが配られたカードをそのまま交換せずにいると、ハスラーはカードを二枚交換した。

「コールするか？」

「コールだ」

「手札は？」

「ブラックジャックだ、お前は」

「ハートジャックだ、どっちが強い？」

「それはやはりカード名の通りブラックジャックだろう。俺の勝ちだ」

ムサシがそう言うとハスラーが口を挟んだ。

「俺はお前にチャンスをやった。賭けギャンブルの提案と三回勝負の受諾で二度もだ。なら今回はムサシお前が俺に勝ちを譲るべきじゃ無いか？」

ムサシは迷った。

(確かに今コイツを刺激して怒らせるのは得策じゃない。もっとギャンブルに夢中にさせて隙を窺うんだ)

「う……分かった……ハスラー、お前の勝ちだ」

「あぁ……俺が勝った……勝った、勝った」

ハスラーは喜んだ。

二回戦はハスラーが先にコールした。手札は二人共一九だった。勝負が付かなかったのでコイントスで勝敗を決めた。カードの順番決めの時のままにした。コインが裏なのを確認するとハスラーは狂喜乱舞した。

「あぁ……俺が最初のギャンブルに勝った」

「ムサシ、約束通り手付けとしてお前の右腕を撃たせて貰うぜ、いいな」

ハスラーはそう言うとムサシの右腕を打ち抜いた。

「これでお前はもう利き腕で俺を撃てない」

ハスラーは満足気だった。

二度目のギャンブルは手品だった。先ずハスラーが右手と左手をシャッフルしてムサシに訊いた。

「左右どっちの拳の中にスポンジがある？」

ムサシは答えた。

「右だ」

「うっ？　……何故？」

ムサシは何事も無かったように口を開いた。

「右の手首が少しだけ膨らんでいるからだ」

（コイツ、鋭い、よく観察している。簡単に投降した時は何だコイツと思ったが侮れん。流石はワイルドブロッカーズの元一佐だ。それに右腕を撃った時も眉一つ動かさずに動じ

なかった）

「お前、なかなか鋭いな、お前の勝ちだ」

ハスラーは右手の拳を開くとスポンジを見せてうなだれた。二回目はムサシがスポンジを隠した。ムサシの特に右腕のぎこちない動きを見てハスラーは容易に言い当てた。

「左だろう」

「そうだ、その通りだ」

「これで一勝一敗か、最後は俺だな」

ハスラーは左右の手をシャッフルしたがムサシの洞察力はごまかせなかった。

「左だ」

ムサシが見事に言い当てるとハスラーは落胆した。ムサシは勝ちを確認すると最後のバトルの事を考えた。

（ハスラーめ、ギャンブルにのめりこんで来てるな、いいぞ、チャンスだ）

最後のギャンブルはシンプルなジャンケンだった。一度目のジャンケンはムサシがパーを出しハスラーとあいこになった。続けてムサシはパーを出し、グーを出したハスラーに勝った。二度目のジャンケンは三回続けてムサシがパーを出し、チョキのハスラーが勝った。

「これでいよいよ最後の大勝負だな、ムサシ、お前の命が懸かってる」

ハスラーはムサシに宣言した。

「ジャーンケーン」

「ちょっと待て、考える」

ムサシはハスラーとの最後のジャンケンを前に間を置いた。ハスラーは何も言わなかった。

（どうする？　流石に四回続けてパーを出すのは危険過ぎる。ハスラーはパー、グー、チョキとまんべんなく変えてきている。最後は……）

ムサシが考えを巡らせながらふとハスラーの方を見やると、ハスラーも流石に緊張しているのか右手で眉毛の汗を拭っていた。その時ムサシは眉毛を拭うハスラーの右手の指が僅かに二本開いているのを見逃さなかった。

（チョキだ……ハスラーは続けてチョキを出す気だ……ハスラーの奴、俺が次もパーで勝負すると思ってるな）

ムサシはハスラーの気配に気づいていないように努めて装った。

「ジャーンケーン、ポイ」

ムサシの予想通りハスラーはチョキを出し、グーを出したムサシが賭けギャンブルに勝った。

「賭けギャンブルは俺の勝ちだな。約束通り俺が逃げる時間の猶予の担保としてお前の右腕を撃つぞ、いいな」

「O……K……」

意気消沈したハスラーは一度はムサシの宣言に同意したが、いざムサシがハスラーの右腕を打ち抜こうとすると泣きを入れた。

「待て……待ってくれ……俺ともう一回だけ勝負をしてくれ。頼む、俺は今まで賭けギャンブルに負けたことが無いんだ、もう一回だけ、最後に」

「戦士の勝負に泣きは無いんじゃ無かったのか？」

「最後にもう一回だけ、この通りだ」

ハスラーはムサシに土下座して懇願した。ムサシはそれを見るとハスラーに言った。

「分かった、そこまで言うならいいだろう、最後のチャンスをやろう。お前は俺に生き延びるチャンスをくれた、俺もお前にチャンスを与える」

「おう……何て優しいんだ。ご親切に……あなたは流石、前ワイルドブロッカーズのリーダーですね、恩に着ます」

ハスラーは賭けギャンブルにのめり込んでいた。ムサシはハスラーに畳みかけるように言った。

「最後のギャンブルはロシアンルーレットだ、良いな？」

「分かった、それで良い」

「じゃあ決まりだ。俺がコルトに弾薬を装填する。俺がお前にチャンスをやるんだ、お前がこのコルトを頭に向け、最初にお前から順番に引き金を引くんだ、良いな」

「ＯＫ」

ハスラーはムサシがコルトに弾丸を装填するのを見ながら勝負の必勝法を思い巡らせていた。

（俺が最初に引き金を引くのか……だが考えようによっちゃあ俺の方が有利だぜ。さて、ムサシは何発装填するつもりだ……一発か？　二発か？）

ハスラーはムサシが弾薬を装填するのを数えていた。

（一発……二発……三発……かなり多いな、さてはムサシの奴、早めにカタを付ける気だな）

（えっ？　四発……五発……何っ？）

ムサシは迷うこと無くリボルバーに六発全ての弾丸を装填した。ハスラーはようやくムサシの意図に気づいた。

「ちょっと待ってくれ！　これじゃあ話が違う、最後のチャンスをくれたんじゃ？……」

「五月蝿《うるさ》い、黙れ！　お前がルールの確認をしなかったのが悪いんだろ。最初に決めたルール通りお前から自分の頭にコルトの銃口を押し当て引き金を引け」

「これじゃ出来ない！　やらない！　しない！」

「潔く負けを認め、自分で引き金を引け！」

　ムサシはそう言うとハスラーの額に銃口を当て、引き金に指を掛けさせた。

（うぅ……どうしたらいい？　どうしたらいい？……この銃でムサシの頭を吹っ飛ばすか？　いや、奴は左手にナイフを持っている。この距離なら、俺が奴に銃口を向ける前に一瞬で心臓をえぐられる……どうすればいい？　どうしたら俺は助かるんだ？）

「なあ、頼む、助けてくれ、お願いだ」

　ハスラーは藁にも縋る思いでムサシに懇願した。ムサシはそんなハスラーに問いかけた。

「ハスラー、お前が知ってるネオワイルドブロッカーズの事について話せ、そうしたら助かるかも知れんぞ」

「それは……言いたく無い……」

「ワイルドブロッカーズは一世紀戦争が終わって軍事裁判で解散した筈だ。ネオワイルドブロッカーズの創始者はもしかして口先八丁で裁判を乗り切ったやはりあのテッシンか？」

　ハスラーはうろたえていた。

「お前のような特殊能力を持った兵士はあと何人いる？」

「知らない」

「何人いる？」

ムサシはナイフをハスラーの頸動脈に強く押し当てた。頸動脈から血が滴り落ちた。

「あと二人……」

ハスラーはようやく口を割り始めた。

(思った通りだ……矛先をかわそうと簡単に口を割り始めた)

ムサシはハスラーの弱点を見抜き、できる限り情報を引き出しにかかった。

「コードネームは？」

「ドリーマーとイプシロンだ」

「どんなスペックや特徴を持ってる？」

「ドリーマーは夢で未来を見て予知できる。イプシロンはオールマイティな万能タイプで俺達のリーダーだ。俺が言えるのはそこまでだ」

ハスラーは呻きながらも必死で言葉を紡いだ。

(コイツもこれでも戦士の端くれ、聞き出せるのはここまでか)

ムサシはこれ以上の情報はハスラーから聞き出せないと悟った。

「なあ、助けてくれ、頼む、ムサシ隊長、俺の上司、頼む」

「お前は自分の頭をこの前俺達の仲間を撃ったように撃て」

「うぅ……分……かったよ……引き金を引くよ……」

そう言うやいなやハスラーはムサシにコルトの銃口を向け発砲しようとしたが、それより一瞬早くムサシが左手に持ったナイフでハスラーの頸動脈を切断した。

ムサシはハスラーを倒した。

(残りはあと二人……ドリーマーとイプシロン……次はどっちが先に来るんだ？　それとも二人一緒に……せっかく平和な時代がやって来たのに……テッシンめ……)

「ハスラーが死んだ」

その夜、ドリーマーとイプシロンは夢でハスラーがムサシに敗れ、死んでいったのを知った。

同じ夜、ムサシもまた夢でドリーマーが現れ、ムサシ達に敗れ、死んでいく姿を見た。

ムサシは直感した。

(ドリーマーが来る、一人で。多分、でも間違いなく……奴の敗因は自分の能力を過信しすぎた事だ)

ドリーマーはピースアイランドの裏出口付近の岩陰に潜んでいた。

（ムサシはこの出入り口から偵察任務にあたる、しかも一人で……よくもハスラーを葬ってくれたな、奴の敵《かたき》だ……さあ来い、一人で。それが昨日俺が見た夢だ）

ドリーマーは辛抱強く待ち続けた。夢では割と早めに現れたのだが、ムサシはなかなか現れなかった。

（ムサシの奴、臆病風にでも吹かれてるのか……こんな事なら朝飯を食ってくるんだったぜ、さっさと片付けて帰る予定が狂うじゃねえか）

ムサシは現れなかった。朝一番に到着し、食事も取らず待ち伏せしていたドリーマーは夕暮れになってもその場から離れなかった。辺りが薄暗くなり始めてもムサシが現れるのを疑わずじっと待ち続けた。

夕闇が迫り、流石に今日はムサシが現れないかもと疑心暗鬼になり始めたドリーマーは思わず一人自問自答し始めた。

（おかしい？　俺の予知夢に間違いは無い筈……或いはムサシが現れるのは明日だったか？どうする？　今夜はここで野宿するか？　しかし寝袋も食事も用意してないぞ。一旦引き上げて今夜の夢で確認しようか？）

ドリーマーが一時撤退を決断し、身支度を調え始めたその時ムサシがおもむろに現れた。

（あっ、ムサシだ……やっぱり今日現れたな、夢で見た通りだ……まだ右腕は完治してな

いな、それで夕暮れに偵察を変更したのか……お前らしいぜ)

ムサシは右腕の包帯も痛々しく周囲に目をやりながら出口から偵察任務に赴こうとしていた。

(ようしムサシ、もっとこっちに来い……もっと引きつけてから撃ち殺してやる)

ドリーマーは左手に双眼鏡を持ったまま岩陰から身を乗り出し、右腕に抱えた自動小銃の引き金に力を込めた。

その時だった。激しい騒音と共に突然ドリーマーの抱えた右腕に激痛が走り、自動小銃ごとドリーマーの右腕が吹っ飛ばされた。

「何っ、誰だ、何故?」

ドリーマーは激しい激痛にもんどり打って倒れ、岩陰から身をさらけ出した。

「ようこそ、ドリーマー、この戦場に」

気がつくとムサシがドリーマーのすぐ側まで近づいており、ドリーマーに銃口を向けていた。

ドリーマーはムサシの俊敏さに驚いた。

「お前がムサシか……噂は聞いてる……ムサシ……元ワイルドブロッカーズのリーダー……ハスラーが殺られる前からお前の名前は知ってたぜ。俺は夢で運命を知ることが出来る、今日お前は俺に殺される、いいな、分かったか？　覚悟はいいな」

「その姿でか？」

「うっ、……そうだ、だが冥土の土産に訊いてやる。俺の姿を視認して俺の右腕を吹っ飛ばしたのはどこの兵士だ、なかなかあっぱれだったぜ。そいつも生きては帰さねえがな」

「夕暮れまで待ってしびれを切らしたお前が岩陰から身を乗り出すのを待たせたんだ。ドリーマーとやら、お前は確かに未来を夢見る事が出来るらしい、だがそれなら今日、お前は俺に倒され死んでゆく自身の無様な姿を夢見た筈だ、そうだろ？」

「何っ？」

ムサシの自信満々の問いかけにドリーマーはうろたえた。おびえを隠すようにムサシに言い返した。

「お前気は確かか？」

「お前は夢で知ってるだろう、ハスラーが俺にどう殺されたかを」

（そんな馬鹿な……それに俺が死ぬ夢は見てないぞ）

「ドリーマー、俺はお前が俺を殺すという夢が正しかったかどうか確認してやる」

ドリーマーは口では強がっていたが戦意は喪失していた。そんなドリーマーの背後からまたしても銃弾が撃ち込まれた。

ドリーマーは一瞬意識が遠のき、自分が敗れて死んでいく姿を夢見た。

「どうして俺がこんな奴等に……」

ドリーマーの屍を見ながらムサシは一人思った。

（昨晩見た夢のおかげだ……あれはエリナが見させてくれたのか……それともエリナのお腹にいる俺達の二人の赤ちゃんが見せてくれたのか……とにかく危機は去った……イプシロンもドリーマーの死を夢で見る筈……だがイプシロンは来ない、奴は当分来ない……俺が奴の前に現れるまでは……）

それからピースアイランドに再び束の間の平和が訪れた。

＊

エリナは朝食を作っていた。エリナはムサシにゆで卵三個、トースト三枚、バナナ二本にじゃがバターとミルクを用意していた。

ムサシとエリナはムサシがピースアイランドに定住して程なく一緒に暮らし始めた。

エリナはムサシがかつてマリンブルー作戦で指揮下にあったフェイに生き写しの美人で、生後間もなく長老に養育されて一緒に家族同然の扱いを受けて育った。その後成人すると薬学の知識を習得し、ピースアイランドに無くてはならない存在として貢献していた。

ムサシとの出会いは最悪だったが、二人は惹かれ合い、恋に落ちるのにさほど時間は掛からなかった。エリナはムサシが朝食を平らげるのを見計らっておもむろにムサシに語りかけた。

「それにしてもあなたが私のママのネーム入りのネックレスを首に掛けてる事を知った時はびっくりしたわ」

「フェイは俺の尊敬する上官だった」

「ママは傭兵になる前はここの住人だったの。イギリスの将校出身でピースアイランドの護衛隊長だったパパとの間に私が生まれたの。パパは私が生まれるとすぐに敵対勢力との戦闘で戦死したらしいわ。私はパパの顔を見たこと無いの。それからママは私を長老に預けてワイルドブロッカーズの傭兵募集に応募して私の為に送金するようになったの。送金が来ないようになったからよもやとは思ってたけど、やっぱりパパみたいに戦死したのね。私、一人になっちゃった」

「俺がいる、俺がついてる。俺も天涯孤独の戦争孤児だった。両親の顔も見たことが無い」

「そうね、私達、似た者同士ね。でもあなたがいてくれて良かった」

「エリナ……」

「うん？　何……」

「エリナに聞いて貰いたい話があるんだ……実は……」

　ムサシは話しにくそうだったが、意を決してエリナに話し始めた。

「実は……前のワイルドブロッカーズの戦友のジェロニモ、シュラスコ、ジョーカーの三人からネオワイルドブロッカーズの奇襲掃討作戦に参加しないかと誘われてるんだけど……どうかな。彼等が言うには俺にも是非参加して欲しいとの事なんだが、俺の助けが必要らしい、どうしたらいい？」

「あなたはその事に関して何か夢を見たの？」

「いや……しかし、俺は。俺の望みは……」

「あなたはもう決心がついてるのね」

「うぅ……」

　エリナの鋭い指摘にムサシは口ごもった。

「何の為？」

「多分、お金や名誉や私達の未来の為ね」

「多分……そうかも……」

「俺は……上手くは言えないけど」

「分かってるわ……私達じゃあなたを止められないもの」

「私達……」

「そうよ、私達……」

「頑張ってね、覚悟を決めてね……私達はいつもあなたを見守ってるわ」

そう言うとエリナはムサシに白い歯を見せた。健康的な白い歯だった。

「ありが……と……う……」

「グッドラック」

「グッドラック」

「さよなら」

「さよなら」

ムサシは後ろ髪を引かれる思いでエリナと別れの挨拶を交わした。

(俺はこんな幸せに背を向けて、また戦場に戻るのか)

「また会おう」

(きっと俺は殺されるが……)

最後にエリナにそう言い残すと、ムサシは静かにドアノブを廻して出かけていった。

＊

「ハイ、ムサシ、裏切り者の元ワイルドブロッカーズリーダー、ムサシ一佐のお出ましだ、よく来れたな」

ブラジル系の傭兵上がりで死神の異名を持つシュラスコ元大尉がムサシの顔を見るなり嫌みったらしそうに笑いながら言った。

ムサシはシュラスコの嫌味を聞き流した。ムサシは続けてシュラスコのシェービングクリームアタックを躱すとチームに加わった。

「お元気？　ムサシ」

国籍不明、出身系統不明でワイルドブロッカーズの入隊理由も不明だった名前も異名もジョーカーと呼ばれていたこれまた元大尉もムサシに話し掛けた。

「ハハ、ジョーカー久し振りだな、元気そうだな」

「よォ……前リーダー、よく来てくれた」

ネイティブアメリカン系で、民族の誇りを示す為に傭兵になり、ムサシの後を受けてワイルドブロッカーズの最後の一佐に収まっていたコングの異名を持つジェロニモが最後にムサシに話し掛けた。

「久し振りだな、ジェロニモ、元気だったか？　テッシンがまた下らん事を企んでるな」

「ああ」

「大方、戦後のドサクサに紛れてまた一儲けしようと企んでるんだろう」

「まあ、そんなところだろうな」

「お前は誘われなかったのか？」

「誘われたけど、当然断った」

ジェロニモは苦虫を噛みつぶしたような表情を見せながらムサシの問いに答えた。

「あとの二人も同じだ。ぶっ潰してやろうぜ、ついでにあのにっくきテッシンも殺す」

「ああ、そうだな」

「みんな、集まってくれ、ムサシも合流したし、今回の作戦について話したい。みんなも知っての通り、あのテッシンがまた下らん事を企んでる、あの悪名高かったワイルドブロッカーズの後継部隊としてネオワイルドブロッカーズを創設した。今度は戦後のドサクサに紛れて一儲けを企んでるらしい。おまけに特殊能力を持つプロトタイプソルジャーなるものまで傭兵に引き入れてるらしい。プロトタイプソルジャーってのは、一世紀戦争の終末期にあの南半球の大国、ビッグアイランドが極秘開発中だった遺伝子組み換え人造人間だ。戦後ビッグアイランドが持て余し気味だったのをテッシンが破格の安さで買い取ったシロモノだ。男性のみの人種で生殖能力は無く、戦闘用に特化して開発された厄介な人間兵器だ。俺達はそのテッシンの悪巧みをぶっ潰す。そして諸悪の根源のテッシンを殺す。作戦参謀も皆殺しにする。今回の作戦には北半球の多数の平和的国家から依頼を受け、資金援助も受けている。少数精鋭部隊だが失敗は許されない。覚悟してけ。だが今回の作戦は一世紀戦争の頃のワイルドブロッカーズの仕事とは違ってやり甲斐はあるぞ」

ジェロニモは一気にまくし立てると皆の同意を求めた。

「オウ」

「オウ」

「らじゃ」

「次に作戦概要について手短に話す。明朝、俺達はネオワイルドブロッカーズのアジトを奇襲する。ネオワイルドブロッカーズは創立間もなく、まだ組織として未成熟だ。そこを突く。だが中には手強い兵士も存在する、プロトタイプソルジャーだ。ムサシ、お前はプロトタイプソルジャーの事をよく知ってるらしいな。俺達はよく知らない、俺達もその情報を知っときたい、できる限り教えてくれ、いいな」

ジェロニモの要請に俺は応える事にした。

「分かった。プロトタイプソルジャーに関して俺が知ってる事を教えよう、よく聞いておけ、いいな」

「分かった」

「了解」

「同意」

「らじゃ」

「プロトタイプソルジャーについては三人の情報がある、三人それぞれ特性は違う。ギャンブルタイプは戦闘能力が高いがハートが弱い。ドリーマータイプは前日の夢で未来を夢見る、しかし奴が目を覚ませばもう予知夢は見ることが出来ない、それが二つのパターンだ。そして最も厄介なのがイプシロンと呼ばれるオールマイティタイプだ。前の二つのパターンを併せ持ってるらしいが、実は俺はまだ奴と戦ったことが無い。もし俺達が今回の作戦に失敗して、気をよくしたテッシンがプロトタイプソルジャーの量産に踏み切ったら、通常の兵士では勝ち目は薄いだろう。そうならない事を祈るばかりだ。そういう意味でも今回の作戦は失敗出来ないぞ。このプロトタイプソルジャーのうち、ギャンブルタイプのハスラーとドリマーは俺が既に倒した。だが最も厄介なイプシロンが残ってる。イプシロンは一対一のドッグファイトで倒すしか方法は無いと俺は思っている。だがそれでも良くて相打ちだろう。それが唯一の攻略法だ」

「そんなに凄いのか？　プロトタイプソルジャーってのは？」

シュラスコの質問に俺は答えた。

「凄い。俺は事前の情報や皆のサポートが無ければ勝てなかった」

「元ワイルドブロッカーズNo.1兵士と言われたムサシ、お前でもか？　一人じゃ無理か？」

「ああ……実際無理だった」

「そうか……サポートが必要だったのか。じゃあ俺達がそのイプシロンやネオワイルドブロッカーズを倒したら、昇進、昇級モノだな。またピンバッジだぜ」

「ハハッ、そうだな」

俺はシュラスコに相づちを打ちながらワイルドブロッカーズにいた頃の事を思い出していた。

シュラスコの言ったピンバッジ作戦というのは、テッシンが俺達前線に出る兵士達に昇進をエサに士気を高揚させ、作戦の成果に繋げようとした見え見えのニンジン作戦で、作戦前に簡単な記述式の昇進試験を行い、作戦に成果が出るとその後の昇進、昇給が少しだけ望めるっていう奴だ。

俺が最初にピンバッジ作戦を受けたのは、確かケルベロス軍との戦闘前だったか……あの時はまだろくに読み書きも出来ずに、記述試験で他の兵士達も良くやってた〝よい目、よい席、よいお友達〟でカンニングをして記述試験を乗り切ってたっけか……。

「で、お前のサポートをしてくれたのは誰だ？　ソルジャーか？　それともコマンドか？　ネイビー？　アーミー？　エアフォース？　マリーンズ？」

「市民とそこを守っているコマンドだ」

「市民？　お前が一般市民と組んだのか？　女でもそこにいるのか？」

シュラスコは興味深そうに俺を質問攻めにしてきた。

「そんな聞こえの良いものじゃ無い……最初は……偶然だった……偶然会ったのが、エリナというあのフェイの娘で……それから……たまたま……偶然だ……」

「お前、ムサシ……本当か？」

「その子が俺の命を助けてくれた……そして俺はエリナを守ると心に決めた……今まで」

「どんな感じの子だ？」

「見た目はフェイに生き写しだ。それから右の口元と右肩に魅力的なホクロがある」

「その子は今どうしてる？」

シュラスコは尚も興味深そうに俺に訊き続けた。

「消えた……」

「どうして？」

「彼女のお腹には二人の子供が居る」

「それで？」

「別れを告げた。シュラスコ、もし俺がピースアイランドに帰れなかったらエリナに『ムサシは戦場で散った』とだけ伝えに行って欲しい。無事子供が生まれたらエリナはきっとピースアイランドに戻って来る筈だ」

「それでいいのか？」

「ただそれだけだ、そして今俺はここにいる」

「それで……？」

「もう他には無い……何も……他には……」

「それで？」

「止めろ！　もうそれ以上プライベートな事には立ち入るんじゃ無い」

それまで黙って話を聞いていたジェロニモが割って入った。

「でも今盛り上がってるトコだし」

「うるさい、黙れ」

ジェロニモは更に不満顔のシュラスコを制した。

「明日の奇襲に備えて寝ろ、そうすべきだ」

「もう目が冴えてきてるぜ。それに寝るって言ったってもう奇襲まで三〇分か一時間しかねえぜ、話を続けようぜ」

「寝るんだ。例え三〇分だろうが一時間だろうが少しでも寝て体力の回復に努めるんだ」

「そうだな、寝よ、寝よ」

ジェロニモの言葉にそれまで黙って聞いていたジョーカーも同意した。

「そうだな、じゃ、寝るか」

渋々シュラスコも同意した。

ムサシはエリナとお腹の子供の事を考えながら眠りに就いた。

（この眠りから醒めたら俺は……俺の運命は……エリナ、まだ見ぬ子供よ教えてくれ……俺はお前達を守れるのか……俺達の未来に幸運を……）

一時間後、俺達はネオワイルドブロッカーズの奇襲作戦を敢行した。組織としてまだ未成熟で統率も取れていないネオワイルドブロッカーズの兵士達は思わぬ手練れの奇襲に慌てふためいた。奇襲作戦は大成功だった。ネオワイルドブロッカーズのアジトに血の雨が降り、三時間もしないうちに、気がつくと残りはテッシン、イプシロン、副リーダーの兵士のみとなっていた。

ネオワイルドブロッカーズの副リーダーは岩陰から顔を覗かせたところをムサシに狙い撃ちされて死んだ。

イプシロンは近くの岩陰に隠れていたが、ムサシが副リーダーを狙撃した瞬間にムサシの右肩を狙って撃ってきた。

イプシロンがムサシを狙った銃撃は僅かにそれてムサシはイプシロンを背後から狙おうと逃げた。そのムサシを追うイプシロン。

その時、ジョーカーはジェロニモと共にテッシンの行方を追おうとしていたが、ジョーカーが胸に挿していた白いバラに血の滴が一滴付いているのに気がついた。

(今まで俺のバラに血など付いたことは無かったのに……何故……不吉だ……)

ジョーカーは不吉な予感がしてムサシの方を見やると、イプシロンがムサシに背後から接近し、今まさにムサシを撃とうとしていた。

「ムサシー」

ジョーカーは血の付いた白いバラをムサシとイプシロンの間に投げた。

ムサシとイプシロンの間に一瞬、間が出来た。ムサシはそれを見逃さなかった。ムサシはイプシロンに覆い被さり、身動き出来ないようにすると、シュラスコに言った。

「撃て！　一緒に！　俺ごと！」

シュラスコは一瞬ひるんだ。

（ムサシ……お前って奴は……）

「早く撃て！」

（ムサシ……）

「済まん」

シュラスコはムサシごとイプシロンを機関銃で吹き飛ばした。

イプシロンは動きが鈍かった。イプシロンはドリーマーがムサシに殺される夢を見てから一睡も出来なかった。今度眠りについて自分が死ぬ夢を見るのが怖かったのだ。夢で未来を予知できる自分の能力を恨み、仲間の兵士やテッシン始め作戦参謀には寝たふりをしてずっと誤魔化していた。テッシン達には予知夢は見ていないと嘘の報告をし、ムサシや未来については話さなかった。だからムサシ達の奇襲にも気づかず、戦争はもう終わっている、イプシロンも予知していない、後は小競り合いの処理だけだと安心しきっていたネオワイルドブロッカーズの関係者は、尚更ムサシ達の奇襲にうろたえたのだ。イプシロンだけが死の恐怖に怯え、一睡も出来ず、徐々に体調を悪化させていた事にも気付かなかった。それでもイプシロンは兵士としてムサシ達の奇襲に対応し、ムサシをあと一歩まで追い詰めていたが、そこまでで命運が尽きた。

(これが、俺の運命か……)

イプシロンは死を受け入れた。

ムサシはシュラスコに撃たれて意識が飛んでいく瞬間、考えていた。

(最高の……終わり方だ……心残りは無い……ジョーカー、シュラスコ、サンキュー……ジェロニモ、テッシンが逃げてくぞ……俺はエリナと子供を守ったぞ……)

ムサシが死んだ時、エリナは逃れていたシェルターシティでまさにイキんでいた。

(あのひとが死んだ、私と私達の子供を守って……)

双子を産み落としたエリナはムサシの死を感じると共に自身と双子の超能力が消えるのも感じた。

(超能力があれば、これからも私達を利用しようとする輩が現れる……あの人は自分の命でそれからも私達を守ってくれたのね……)

「この双子の名前はどうするね」

産婆の問いかけにエリナは応えた。

「名前はもう考えてあるの、先に生まれた女の子の名前はソフィア、次に生まれた男の子の名前はコジローにするつもりなの」

「そうかい、ソフィアとコジローかい、良い名前だね」

「ありがとう」

(私、この二人を連れてピースアイランドに帰るわ。ピースアイランドでこの子達を育てる)

エリナはピースアイランドに帰ってムサシとの間に出来た双子を育てることを決意した。

奇襲作戦は成功裏に終わった。残存兵の確認を終えたジェロニモとシュラスコは顔を見合わせた。ジョーカーはいつの間にか消えていた。

ジェロニモが不意にシュラスコに訊いた。

「これからどうする?」

シュラスコはジェロニモに応えた。

「俺はピースアイランドに行って市民を守る。ムサシに代わってエリナとエリナの子供を守る。ムサシの守ったピースアイランドをムサシの代わりに守る。ムサシの意志を引き継ぐつもりだ」

「そうか……」

「それじゃあな」

立ち去ろうとするシュラスコにジェロニモが不意に叫んだ。

「俺達は生き残れるさ、この地獄から、必ず」

シュラスコはもう一度ジェロニモに近寄ると、二人はがっちりと握手をして別れた。

後日譚・ジェロニモ

俺がワイルドブロッカーズに入隊を志願し、新兵訓練キャンプに参加したのは十六年前の事だ。俺は誇り高きネイティブ・アメリカンの名誉と誇りを回復する為に志願した。新兵訓練キャンプでトップの成績を上げ、最終訓練の持久歩兵訓練になった時、当時の新兵訓練の責任者だったムサシは俺にこう言った。

「ジェロニモ、お前だけはバクテリア入りの水を口に含め、そしてこの行軍を完遂しろ。もし口に含んだ水を一滴でも飲めば、お前は三か月後にバクテリアが内臓に侵入して死ぬ。お前も気高いインディアンの末裔なら水を口に含んで一滴も飲み込まずに行軍を完遂して一族の誇りを示して見せろ。さあ、どうする？　水を含むか？」

俺は即答した。

「そうします、隊長。俺はバクテリア入りの水を含んで一滴も飲まずに最後まで行軍を見事完遂し、一族の気高い誇りを示して見せます。俺の先祖はかつて戦《いくさ》で口に水を含んで五〇マイル一滴も飲まずに走りました。俺もです、たかが二時間くらいやってみせます」

俺はバクテリア入りの水を口に含んだが一滴も飲まずに行軍を完遂し、一族の勇気と誇りを証明した。

だが俺は知っていた。たとえ一滴も飲まずとも口に含んだだけでバクテリアが体内に浸食し、三か月後には死ぬことを。俺はバクテリア入りの水を口に含む時、三か月後の死を覚悟した。例え三か月でもネイティブアメリカンとしての名誉と誇りを回復したかったのだ。

だが俺はあれから十六年後の今もこうして生きている。

あのムサシは俺の決意を試し、俺にネイティブアメリカンとしての誇りを示させてくれただけだったのだ。

あの時口に含んだのはバクテリア入りの水では無く、ただの水だったのだ。

後で知った事だが、ムサシも誇り高きサムライの国の末裔だったと聞いた。その後ムサシは一佐になり裏切り者の汚名を着せられワイルドブロッカーズを追われた。俺はムサシの後釜として一佐に昇進し、一世紀戦争は終わった。

ワイルドブロッカーズは一族の誇りを示すに相応しい軍隊では無かった。

俺はテッシンがネオワイルドブロッカーズを結成した事を知り、世界の平和の為に、一族の真の勇気と誇りを示す為に、ネオワイルドブロッカーズの壊滅を図り、手練れの仲間を作戦に引き入れた。

シュラスコが大反対しても強引にムサシを仲間に引き入れた。

そしてネオワイルドブロッカーズは壊滅し、ムサシは死んだ。だが俺はこれからも戦い続ける。

そしていつの日か、逃げ延びたテッシンとこの一世紀戦争を引き起こした真犯人を突き止めて殺す。

ムサシの意志は俺が引き継ぐ。

第一部・了

第二部・最強の兵士

「ですが大統領、この子はまだ五歳で身体も年の割には随分と小さく、病弱で虚弱体質です、将来とてもビッグアイランドの脅威になる兵士にはなれません、お許しを」

エリナはピースアイランドとの和平交渉に赴いているビッグアイランドの現大統領のテッシンに懇願した。

ビッグアイランドは南半球にある広大な面積を誇る大国であり、強大な国力と軍事力を誇り、各地の独立国家に対して自国に有利な協定を結ぼうとしていた。

ピースアイランドは小さいながらも平和的な独立国家としてつつましく存在していたが、ビッグアイランドから度々難癖を付けられ、干渉されていた。

一世紀戦争の終末期にワイルドブロッカーズという傭兵部隊を組織し、戦争で粗利《あらり》を得ていたテッシンは、一世紀戦争が終わるとネオワイルドブロッカーズなる部隊を組織し、また戦後の混乱に乗じて一儲けを企んでいたが、ムサシ達精鋭有志の奇襲を受け、部隊は壊滅した。

ここまでかと思われたテッシンだが、ムサシ亡き後ムサシの意志を引き継いでテッシンを殺しに来たジェロニモとその仲間をビッグアイランドの兵力の力を借りて返り討ちにし、またジェロニモをワイルドブロッカーズの諸悪の残党と喧伝《けんでん》し、ビッグアイランドで発言権を増し、大統領としての地位を得、この度和平交渉という名目でピースアイランドに視察に来ているのだ。

「しかしお前はかつてあのムサシと夫婦になり、一緒に生活していたのだろう。その子はお前とムサシの間に出来た子供じゃないのか？　ムサシの子なら今は小さくて弱くても大人になれば強くなって我がビッグアイランドの脅威となるに違いない。儂を殺しに来るかもしれん」

「違います。この子とソフィアは私とあのシェルターシティのシュラスコの間に出来た子供達です。シェルターシティはビッグアイランドとは友好関係にある筈です」

「シュラスコか、アイツもなあ」

テッシンは尚も疑り深そうにエリナに抱きかかえられているコジローを見つめた。

「何してるの？　コジ……」

「しっ、名前を呼んじゃ駄目だ、名前で気づかれる」

事情を知らずコジローを呼び寄せようとしたソフィアを制してピースアイランドの長老が小声で言った。

「フン、本当にそうなのか？　どう見ても日系っぽいぞ。まあいい、お前と女の子の方は見逃してやる。だがもしムサシの子だったら、その時は分かってるだろうな」

「まあ大統領、こんな小国の子供にいちいち目くじらを立ててもしょうが無いでしょう。それより交渉に入りましょう」

ピースアイランドを治める長老が間を取り持ち、市民視察の名目が無くなったテッシンは渋々交渉へと戻っていった。

（このままではいつかテッシンに気づかれこの子は殺される）

意を決したエリナはひとまずムサシとの間に出来た子供のうちの男の子の方を、シェルターシティの護衛兵士のリーダーを務めているシュラスコに預ける事にした。

「いい、コジロー、今日からお前はシェルターシティに行ってシュラスコの子供になるの、お前の本当のパパよ。きっと温かく迎え入れてくれるわ、分かったわね」

コジローは訳も分からずシュラスコやシュラスコの家族と共にシェルターシティで暮らすことになった。

コジローはシェルターシティに着くと間もなく天然痘に罹患し、シュラスコ達から引き離されて隔離された。コジローは様子を見に来たシュラスコに泣きを入れた。

「パパ、体中が痒くて痛いよ、助けて」

「コジロー、それ位のことで男が泣くな。お前はピースアイランドの男だろ、メソメソするな」

シュラスコはコジローを自分の息子扱いしなかった。

コジローはシュラスコに厳しく育てられたが、身体が大きくならず、護衛兵士にはなれなかった。


コジローは成人するとシェルターシティの農場で働き始めた。ある日、コジローは農夫仲間のアグリからコンサートに誘われ見物に行く事にした。

会場では若い歌手が自慢の歌声を披露していた。

「どうだ、コジロー、あの子カワイイだろ」

「そうだな」

「終わったら声を掛けて親しくなろうぜ」

「俺にはナナがいるからいいよ、お前だけ親しくなれよ」

「そんな事言うなよ、一緒に行こうぜ」

コジローが農夫に誘われコンサートが終わって楽屋を覗きに行くと、楽屋では初老の男と歌手の父親らしい男が揉めていた。

「だからこの子と俺の息子を結婚させりゃいいんだよ」

「そんなこと言われましてもこの子はまだ十六ですし、何より本人の気持ちがあります」

「何っ、俺の息子じゃ不満だと言うのか」

「フィンチさん、とにかく今日はひとまずこれでお引き取りを……」

父親がフィンチと名乗る初老の男に札束を二、三枚手渡していた。

「あっ、やべえ、顔役のフィンチさんだ」

農夫は思わず目を逸らした。

「フィンチってあのピースアイランドから来た？」

「そうだ、今じゃここシェルターシティでも顔役だ」

「じゃあ、あの歌手の子もピースアイランド出身か？」

「そうだ、だから今日お前を誘ったんだ」

「あの平和国家のピースアイランドの有力者だった男が、何故同じピースアイランド出身の奴等を苛める？」

「そんな事知らんさ。おい、あまり顔を見るな、俺達も因縁を付けられるぞ」

コジローは憤懣やるかたない気持ちでフィンチを暫く見つめ続けた。

それから暫くしてフィンチがコジローの働く農場にやって来た。コジローは無視して農作業をしていたが、フィンチと何やら話し込んでいた農場主がフィンチが農場を去った後、コジローに申し訳無さそうに話し掛けてきた。

「コジロー、お前この前コンサートが終わった後、楽屋近くでフィンチさんをじっと見てたそうだな」

「それがどうした?」

「フィンチさんが酷く気を悪くして、あの無礼な小僧は誰だと仰ってな」

「見ただけでか?」

「それで……その……俺も言いにくいんだがフィンチさんを敵に回したくなくてな」

コジローは暫く考えた後、意を決して言った。

「……つまり俺は失業って事か?」

「済まない」

コジローは失業した。コジローはそれから暫くして軽トラを運転していると、突然フィンチがコジローの運転する軽トラに乗り込んできた。

「お前、コジローって言うんだろ、ピースアイランド出身の」

コジローは無視して運転し続けた。フィンチは喋り続けた。

「お前、農場をクビになった後、シェルターシティの農作物を他所の国に横流ししてるそうじゃねえか、それは犯罪だぜ」

コジローは尚も無視し続けた。

「俺もここの顔役として見逃す訳にはいかねえ。だが俺も血も涙も無い訳じゃあねえ。お前が仕事が無くて困ってるのも分かる。俺もピースアイランドの出身だしな、お前を庇いてえ。そこでだ。お前のあがりの三〇%で手を打とうじゃねえか、それでどうだ？　これはウィンウィンってやつだ。俺のお墨付きを得てこれでお前も安心して仕事が出来るって事だ。どうだ？　ありがてえだろ？」

コジローは無視して運転していた。

「おい、お前、何とか言ったらどうなんだ？　三〇%で見逃してやるって言ってんだ」

フィンチは軽トラのブレーキを踏んで停止させるとコジローに凄んだ。

「分かった、だが家族とも相談させてくれ、俺にも愛する妻や子供がいる」

コジローは全く怖がりもせず、まるで友人にでも話し掛けるようにフィンチに言った。

「おぅ……お前、なかなか度胸があるな。体は小さいが流石はピースアイランドの男だぜ、じゃあ分かったたな」

フィンチはコジローが納得したものと思い込んだ様子で軽トラを降りていった。

コジローの動きは素早かった。軽トラを道路脇に止めるとコルトを手にし、フィンチの家の近くで待ち伏せした。

フィンチは上機嫌で家路に着いていた。思わぬ金儲けの手段を見つけ、高笑いしそうなくらい足取りも軽く帰宅しようとしていた。だからコジローに出くわした時も満面の笑みで話し掛けた。

「よう、お前……」

フィンチがコジローに気づき、そう話し掛けた時、コジローは右手に隠していたコルトを向け、フィンチの顔面を吹き飛ばした。

フィンチの顔面が吹き飛び、誰だか人相が分からなくなったのを確認すると、コジローは何食わぬ顔で軽トラを運転し、家族の元へと軽トラを走らせた。

コジローが自宅に着くと、妻のナナが生まれたばかりの女の子を抱きかかえて幼い長男と遊んでいた。

「俺、大きくなったらナナと結婚する」

「あら、レンくん、ママの事を名前で呼び捨てにしちゃ駄目よ」

ナナの友人のリノがレンを優しく諭した。

「俺、ナナに俺の子を産んで貰う」

ナナは韓国人と日本人のハーフで、コジローの母親のエリナと同じく右の口元と右肩にホクロのある気立ての良いシェルターシティ一と言われている美人でエリナ同様、薬学を学んでいた。

「それじゃあパパはどうなるの？　パパ、ママをレンくんに取られて可哀相でしょ」

「えっとね、……パパはね、パパはね」

「楽しそうに何を話してるのかな？」

「リノ、久し振り、元気でやってる？」

コジローは優しく話の輪に入って言った。

「あっ、パパだ、ねえパパ、ナナを俺に頂戴、ねえ、いいでしょ」

「うーん、どうしようかなあ、パパもママが大好きだしなあ」

「ほらね、パパも困ってるでしょ」

「ママ、サラを抱かせて」

コジローは生まれたての娘を抱き寄せると娘に話し掛けた。

「サラ、パパはサラの味方だよ、サラの味方だよ」

コジローはそう言うと、サラに頬ずりした。

ナナは嬉しそうに、頼もしそうにコジローを見つめていた。

＊

それから数年が経ち、ある日、コジローの元に一人の中年男性が相談に来た。

「コジローさん、今日、実はあなたに折り入ってお願いがあってきました」

「ん？　……頼みとは何ですか？」

「実は、私の一人娘に突然縁談が迷い込んできたんです」

「ほう、そうですか、それはおめでとうございます」

「娘は今十九で、歌を歌っています、それを偶然見初められたようなんです。相手はあのゲバルトさんのご子息で、又とないご縁談なんですが……。コジローさんから、丁重にお断りを入れては貰えないでしょうか？」

「それは何故？」

「実は娘には、娘の名前はディーヴァというんですが、心に決めた相手がおりまして。ただの農夫なんですが、実に気立ての良い奴でして。実は私も気に入ってるんです」

「娘の気持ちを大事にしてやりたいし、でも相手はあのゲバルトさんのご子息だし、断るに断り切れなくって。で、コジローさんなら話の分かる大人物ですし、ピースアイランドの人間を殊の外大事にされると伺って……」

「待て、待て、結納金ならはずませるから」

「ディーヴァと両思いの農夫が言うにはコジローさんに相談してみればという事で。その農夫は以前コジローさんと一緒に娘のコンサートを見たことがあるそうで。農夫はそれから娘に熱心にアプローチし続けてくれて、そいつはアグリと言う奴でコジローさんと一緒の農場で働いてたと……」

「ほう……アイツが。やったな」

「何とかコジローさんからゲバルトさんにお断りを入れて貰えないでしょうか？　二〇歳になったら娘とアグリは結婚する約束を交わしているんです。他の誰かに頼もうにも他に頼れる相手がいないんです」

「ふーん、そうだな……。ナナ、どう思う？」

ナナは暫く考え込むと、コジローに言った。

「あなた、力になってあげたら」

コジローも暫く考え込んでいたが、考えがまとまると、やがて徐《おもむろ》に答えた。

「分かった、力になろう。でもあまり俺を過大評価しないでくれよ」

＊

「ありゃあなかなかの上玉だ、イーブルもいい女を見つけたな」

ゲバルトは広場への通りを歩きながら連れの男と話していた。

「でもディーヴァには他に男がいるらしいじゃないですか？　その男の事はいいんですか？」

「アグリはただの雇われ農夫さ、何も出来んさ。唯好きな女が他の男に取られるのを指をくわえて見てるだけだろ、ただの小者に過ぎんさ」

「それもそうですね」

「ゲバルトさんですね」

コジローはゲバルトと連れの男に話し掛けた。

「お前は？」

ゲバルトは突然話し掛けられ、不機嫌そうに聞いた。

「実はあなたのご子息とディーヴァさんとのご縁談についてお話が」

「何だ、祝ってくれるのか？」

コジローは構わず話し続けた。

「実はディーヴァには将来を誓い合った相手がいまして。そいつは俺の友人でして」

「それがどうした?」

「ゲバルトさんのご子息はコンサートでディーヴァを見初めたとか。そういった事は時々あるそうで、ご子息を勘違いさせたなら謝ると……。お詫びにコンサートの代金を利息を付けて返還すると……。俺からもお詫びにいくらかお支払いするので。あっ、この事はディーヴァと父親には内密に。俺の事はシェルターシティの住民に聞けば分かります。俺もこの辺りじゃあ、ちっとは知られた男なんで。一枚、二枚、……」

コジローはディーヴァのコンサート代金の一枚と自分の用意した五枚の合わせて六枚のお札をゲバルトに渡すと言った。

「これで足りなければ、また後で持ってきます。それでご勘弁を」

コジローの低姿勢にゲバルトは態度を軟化させたが、返事をしなかった。

「これでもうディーヴァには近づくな、いいな」

コジローがそう命令するとゲバルトは激怒した。

「何だお前、その生意気な態度は。誰に向かって口を利いてるんだ」

ゲバルトは怒ってコジローに札束を投げつけた。コジローは黙って投げつけられた札束を拾うと自信満々に不敵な笑みを浮かべながらゲバルトの胸元に札束をもう一度押し付けていった。

「頼んでるんだ、ゲバルトさん。あんたは話の分かる男だと聞いている。俺もこの辺りじゃちっとは知られてる男だ。あんたと揉めたくない、何ならみんなに聞いてみるといい、俺の名前はコジローだ、これは受け取っとけ」

コジローはそう言って札束をゲバルトに持たせるとそのまま立ち去った。

「何て奴だ、あの小男は、あいつは誰だ？　ん？　コジロー……どっかで聞いたことがあるような？……」

数日後、ゲバルトが血相を変えてコジローの家の大広間にやって来た。

「コジローさん、ゲバルトが来ました。方々でコジローさんの事を聞いて廻っていた奴です」

ゲバルトに聞こえるのも構わず使用人がコジローに耳打ちした。

「どうぞ、ゲバルトさん」

ゲバルトは席に通されると、開口一番こう言った。

「コジローさん、私、大変な勘違いをしてまして」

コジローは冷笑しながら聞いていた。

「実は私はあなたがあのコジローさんだと存じ上げなくて、大変失礼な態度を……」

「それで？」

「勿論、頂いたお金は全額返済します。一枚、二枚……」

ゲバルトはコジローから渡された札束六枚を返済した。

「それだけ？　ディーヴァの事は？」

「勿論ディーヴァさんには金輪際私含めて一切近づきません。イーブルにもきつく言い聞かせました」

「宜しい」

「あなたは男気のある立派な方です。フィンチは嫌な奴でした」

「俺もフィンチは嫌な奴だったと思う」

「では用件が済んだので、私はこれで失礼します」

ゲバルトは用事が済むと、逃げるように帰って行った。

コジローはいつの間にか、シェルターシティの有力者になっていた。

そんなある日、コジローは仲間内からコジローの母親のエリナがピースアイランドの若き女長老になり、ピースアイランドを率いているが、ビッグアイランドから無理難題を押し付けられ、苦境にあるという噂を伝え聞いた。

「ピースアイランドに帰るか」

コジローは家族を連れてピースアイランドに帰る事を決意した。

その日、ピースアイランドでは長老会議が行われていた。新しくピースアイランドの護衛部隊に入ったコジローと、先日亡くなった元護衛隊長のシュラスコの一人息子のムケッカのどちらが新しい護衛隊長に相応しいかを決める為であった。

「それではコジローとムケッカのどちらが護衛隊長になるか決を採ろうではないか。コジローはあのムサシの息子で血統も申し分ない。シェルターシティから戻ってきたばかりだが資格は充分だろう。一方、ムケッカはシェルターシティで護衛隊長をしていて、女長老のエリナの要請を受けてピースアイランドでも護衛隊長をしてくれたシュラスコの息子で、これまた血統も申し分ない。それでは挙手で決めようかの？」

「待ってくれ、俺は不満だ」

副長老の言葉にムケッカが異議を唱えた。

「俺はこの決に不満だ。俺より年上の者に文句を言いたくは無いが、コジローは不適格だ」

「どうしてじゃ」

「聞けばコジローは兵士としての戦闘技術も自己流で、戦闘能力や統率力は未知数だ。おまけに見ての通り小柄で頼りない。シェルターシティの有力者というだけで護衛隊長に推薦されては敵わん。他に経験豊富な兵士は山ほどいる、不適格だ」

「でもあのムサシの息子じゃろ、戦闘能力の遺伝子は引き継がれておる」

コジローは黙って聞いていた。ムケッカは話を続けた。

「コイツはあの偉大なムサシの息子では無い」

「これこれ、年上をコイツ呼ばわりをしちゃいかんぞ」

「コイツとソフィアは俺の父親のシュラスコとエリナの間に出来た子供だ。俺とは腹違いの兄弟だ」

ムケッカの衝撃的な一言に集まっていた民衆はざわついた。

「コジローが五歳の時、ビッグアイランドの大統領だったテッシンに向かってエリナがそう言ったそうじゃないか。あの時に真実を知っていてその場にいた人達はもうエリナ以外、みんな死んでしまった」

「じゃがムケッカ、お前はソフィアと結婚して息子を儲けてるじゃないかね」

「そうだ、俺は腹違いの姉と知っていてソフィアにプロポーズして子供を作った。それ程ソフィアは美しく、魅力的だった。ソフィアも俺の申し出を受けてくれた。ソフィアには子供が出来た時に、打ち明けてる。だがコジロー、お前は駄目だ。お前はテッシンにムサシの子供かと疑われてシェルターシティに逃げこんだ臆病者だ。いくら腹違いの兄とはいえ、俺はこんな奴認めない。お前は卑怯者だ、不適格だ。コジロー、嘘だと思うならここに集まっているみんなに聞いてみろ。殆どみんな知ってる」

「これこれ、長老のエリナの前でそんな事言っちゃいかんよ」

「平気だ、エリナは都合が悪くなるとすぐ居眠りをする。ほら、今も寝てる。どうだコジロー、お前これでも護衛隊長になりたいのか？」

ムケッカの挑発的な態度に、コジローが重い口を開いた。

「俺、知ってたぜ」

更にざわめく会場を後にしてコジローは立ち去ろうとした。

「それじゃあ、この件は三日後にまた話し合おう」

コジローの去り際に副長老が声を掛けた。

エリナは眠ったままだった。

＊

「何っ、ビッグアイランドへ行く？　何故？」

コジローの意外な提案にコジローと共にシェルターシティから付いてきた仲間が驚いた

ように声を上げた。

「もうビッグアイランドに用は無いだろ」

「skip　keyman（約一名を除いてな）」

コジローはニヤリと笑って言った。

「止めとけ」

口髭ジニーが思わず口を挟んだ。

「テッシン・シュレック・ヤギュウ」

「テッシン？　あのムサシを殺した？」

「半端なく危険だ」

「奴を殺せば大英雄だぜ」

「捕まって返り討ちに遭うのがオチだ」

「まあ待て待て」

コジローは自分の思いを静かに語り始めた。

「なあみんな、俺達今まで散々危ない橋を渡ってきただろ」

「そうだな、それがどうした？」

「今まで危ない橋を渡ってきた中で、どうしても危な過ぎるって事で退いた事もあったよな」

「そうだな」

「そんな中で、もうちょっとだけやってみれば良かったたって事、無いか？」

「う……」

「俺はあるぜ。だが今回だけは、俺はどうしても退かないつもりなんだ。今回だけは、命を落としても、やり過ぎてみたいんだ」

「…………」

「…………」

「そりゃ、大変なやり過ぎだぜ」

「……ここまで来て、お前だけにいい思いさせられるかよ」

「ふふ……」

コジローの自信満々な態度に仲間の一人が乗ってきた。

「で、何か良い策はあるのか？　あるんだろ？」

「実はな……」

コジローと仲間達はヒソヒソと話し込んだ。

＊

「それじゃあ、三日経った事じゃし、改めてコジローとムケッカのどちらが護衛隊長に相応しいか、先ず話し合おうじゃないかね」

副長老の号令でムケッカが輪の中央に進んできた。

「コジローはどこじゃな？」

「コジローはいない。コジローは家族とシェルターシティから連れてきた仲間達を連れてビッグアイランドに行った。ビッグアイランドに大事な用が出来たんだと、あのテッシンを殺すんだと」

ムケッカの説明に一同は驚いた。

「何て無茶な事を」

「厄介払いが出来て良かったじゃないか。これで護衛隊長は俺、ムケッカで決まりだな」

「あー……あー……コジロー……私とムサシの息子、死んではいけない」

それまで居眠りをしていたエリナが突然起きて騒ぎ出した。

「エリナ……」

「長老……」

「私は今までみんなを騙していたわ。本当は居眠りなどしていなかったの」

「長老……何故……？」

「昔、一世紀戦争が終わったばっかりの時に、テッシンがネオワイルドブロッカーズを創って、また世界を混乱させようとしていた。私の主人のムサシは私とピースアイランドを守る為に私に別れを告げてまた戦場に行ったわ、その戦いでネオワイルドブロッカーズは壊滅したけど、彼は帰ってこなかった。『ムサシは戦場で散った』と彼からの伝言をシェルターシティの私達に伝えに来たシュラスコは、そのままシェルターシティで護衛兵士になって結婚して、ムケッカ、あなたが生まれたの、母親の名前はワイフ、あなたの母親よ。

　私はムサシと別れる時、ムサシの子供を身籠ってたの、だからピースアイランドからシェルターシティに身を隠してたの。ムサシに何かあった時でもテッシンに気づかれないように。ムサシも知ってたわ、それがソフィアとコジローよ。

　ネオワイルドブロッカーズは壊滅したけど、テッシンは逃げ延びて、事もあろうかビッグアイランドの大統領になってピースアイランドに来たの。ムサシの子を付け狙ってきた時は気が気じゃ無かったわ、だってあのテッシンよ。私は咄嗟にシュラスコの子供だと言い逃れをしてコジローを守ったわ、当時のみんなも口裏を合わせてくれました。

でもみんな高齢のお年寄りばっかりだったから、その事を知る人も今はいなくなったわ。私は私とムサシの子を何としても守りたかったの。だって私のパパは私が生まれた頃にすぐに死んで、ママも私と満足に会えないまま死んだわ。ムサシも自分の子供の顔を見ずに死んだし、私の家系は特に男は自分の子供の顔を見る事なく死んでいく……どうしてもその負の連鎖を止めたかったの。だからシュラスコの子供だと言ってコジローを守ったわ……シュラスコも自分の息子のようにコジローを見守ってくれてました。だからコジローがナナと結婚してレンとサラを育てているのは本当に嬉しかったの。これで私達の運命も変わるって。それで安心して三日前の集会の後、コジローに真実を告げたの、あなたは紛れもなくムサシと私の子よって……ソフィアには幼い頃から真実を告げてあります」

「だからソフィアは俺のプロポーズを受けたのか……だから俺の子供を産んでくれたのか……そうなのか？　ソフィア？」

ムケッカがソフィアに目をやると、目と目が合ったソフィアはコクりと頷いた。エリナは続けた。

「でも真実を知ったコジローが、家族全員を連れてビッグアイランドのテッシンを殺しに行くなんて……テッシンは卑怯でずる賢いわ……きっと家族全員殺されるわ」

「大丈夫だよ、義母さん……あのコジローがムザムザ殺されるわけ無いよ……」

ムケッカはうろたえるエリナを優しく諭した。

＊

「テッシンさん、ピースアイランドから商人が家族連れで挨拶に来ましたよ」

テッシンはデッキチェアに腰を掛けると手持ち無沙汰で商人一行をもてなした。

「ピースアイランドの農作物を横流ししている業者です」

「初めまして、テッシン参与。ピースアイランドから、このビッグアイランドに農作物を横流しする許可を頂けないでしょうか?」

テッシンは齢百歳になろうかという御年になってもビッグアイランドで絶大な権力を握っていた。大統領の職を親族に委ね、自分は参与という肩書きで院政を敷いていた。

「横流しした粗利益の十五%がテッシンさんの取り分となります」

「これが商品の一つ、蜜柑の缶詰です、缶詰なら一年中潤いますよ」

「ほっ、ほっ、ほっ」

テッシンは蜜柑の缶詰を仲介人から手渡されると嬉しそうに手に取って見回し徐《おもむろ》に、商人に質問した。

「お前の名前は何という?」

「コジローです」

「ほっ、ほっ、ほっ、日本の武人から名前を取ったな」

「このコジローはテッシンさんと同じく日系です、テッシンさんと気が合うでしょ」

「そうか、そうか、日系か? 覚えておこう、儂も実のところ英語は苦手でな」

「これが商品のリストです、日本語と英語で書いてあります」

「コジローが手渡す時に日本語で話し掛けたいと申しておりまして」

「*¥#X%△……」

「何だ? 近頃耳が遠くてな……」

コジローはテッシンの耳元に近づくと、小声でようやく聞き取れるくらいの声でテッシンに話し掛けた。

「俺のオヤジはお前に殺されたムサシだ、死ねっ」

「何っ」

テッシンが一瞬青ざめた。

ムサシは商品のリストに挟んであったナイフでテッシンの心臓を一突きにした。

「グエッ……」

テッシンは即死した。コジローは右手に付いた血糊をテッシンの白いシャツにこすりつけると、すぐさま仲間と共に車に乗り込んだ。すぐに警備兵と銃撃戦になったが、形勢不利かと思われたコジロー達は、ビッグアイランドの反対勢力の援護もあって、何とか無事に安全地帯まで避難した。

「悪魔が死んだ、悪魔が死んだ」

「万歳、万歳」

コジローはビッグアイランドの反対勢力の市民から歓待を受けた。

「ほら、サラ、みんなが手を振ってるよ、サラも手を振って。レンも手を振って」

コジローはサラの手を取り、ナナはレンの手を取り、見送りに来ていた群衆に向かって手を振った。

ピースアイランドに到着すると、ピースアイランドでも市民の歓待を受けた。

市民に混じってコジローの帰りを首を長くして待っていたエリナを見つけると、コジローはエリナに近づいて言った。

「ママ、言いつけ通り、生きて帰ってきたよ」

エリナは何も言わずにコジローを抱きしめた。ムケッカは、コジローに近づくと、ボソッと言った。

「コジロー義兄さん、あなたはどうしてそこまでして……」

コジローはムケッカにニヤリと微笑して答えた。

「俺はピースアイランドの兵士だぜ」

ムケッカはコジローを熱く抱擁すると、言った。

「義兄さん、あなたこそピースアイランド最強の兵士だ」

第二部・了

第三部・レン外伝

第一章・ジェントル

「レンが来る、レンが来る、あのピースアイランド一のワルのレンがシェルターシティにまた来る」

レンと恋仲と噂されているモモが泣きながら喚いていた。

「ジェントルさん、助けて、またレンが来るんです」

モモはシェルターシティで人格者として名高いジェントルと呼ばれる護衛隊長に助けを求めた。

「レンっていうのは、あのコジローさんのご子息で今ピースアイランドで売り出し中のあのレンの事かね？」

「はい、そのレンがまたうちに会いに来るんです」

ジェントルの問いに答えるようにモモは言った。

「レンとはどういう知り合いなんだね」

「レンとはうちとアイツが高校生の時に、シェルターシティとピースアイランドの交歓会で知り合ったんですけど、その打ち上げでアイツが高校生なのに飲酒して泥酔した挙げ句シェルターシティの女の子を口説き廻ってベイビーっていう女子生徒と乱交寸前になって『次はお前だ』ってうちを指名してベイビー先輩の服を脱がせかかった時にゲロ吐いて、散々暴れた後ふて寝して、うち怖くって泣いてたんですけど、あまりに腹が立ったからレンを平手で三〇回くらい思いっきりぶってレンが寝た隙に、うちも帰って寝たんですけど。そしたらレンの奴、酔いが醒めた次の日の深夜にうちの部屋に夜這いしてきてうちの処女を奪ったんです」

「嫌なら断ってまたぶったら良かったじゃないかね」

「それが……アイツ、上手いんです。言葉巧みに『俺のママ、俺が小さい時に死んじゃったんだ、やから俺、母親の愛情知らんくて……お前は死んだママに面影が凄く似てる』とか言ってきて、それでうちもつい気を許して……」

「あれ？　レンの母親ってナナだよね、ナナは確かまだ健……」

「そうなんです、ピンピンしてるんです。後で聞いたらレンが女の子口説く時の常套句だったらしくって、でもピースアイランドの子達はみんな知ってるから今まで誰も引っかからなかったらしくって。それでシェルターシティの子達に言って廻ってて、うちも、まだ知らなかったからつい……」

「他にも被害にあった子はいるのかね？」

「お酒に酔ったベイビー先輩がまんまとレンに口説かれてみんなの前で性交寸前までいったんですけど、イザ始まる前にレンがゲロ吐いちゃってベイビー先輩が興ざめして……。レンが先輩の次にうちを口説くって予告してたんですけど、うち怖くなって泣いてたんですけど、アイツが暴れた後寝たんで、アイツぶってやって酔ってたし覚えてないだろうってうちも安心して家に帰ったんだけど、酔いが醒めた次の日先輩のトコじゃ無くってうちに夜這いに来て……」

「それで結ばれたのかね？」

「それだけじゃ無いんです。うちに夜這いに来た事を怒った父をアイツ、殴り殺して返り討ちにしたんです」

「何か、事情があったんじゃ……」

「ただの凶暴な奴なだけです」

「君とレンは付き合ってるんじゃ……」

「そんなんじゃ無いです」

「ただの二人の痴話喧嘩じゃ……」

「とにかく、そのレンがまたうち目当てで来るんです。ジェントルさん、アイツを何とかしてください」

モモはそれだけジェントルに言い放つと友達と去って行った。

「あまり怖がってるようには思えないんだが」

盲目のジェントルは、モモの口調からそれを感じとった。

「私もそう思います」

ジェントルと一緒に話を聞いていた護衛兵士も同調して言った。

「モモってあの世界三大美女と噂されてる子だろ」

「そうです」

「レンの奴、羨ましい」

「どっちが？」

「……二人共でしょうね」

「モモの父親を殴り殺したとか……モモの父親ってあの娘を女として見て狙ってたって奴だろ」

「多分、その事で何かあったんでしょうね」

「レンってあの『ピースアイランドの槍騎兵』って自分で言ってる奴だろ？」

「自称はともかく相当強いとか。なにせあのコジローの息子ですし、祖父はムサシですし」

「モモとレンにも困ったもんだな。早く収まるところに収まってくれりゃいいんだが」

「ですね」

「しょうが無いな、世話焼いてやるか」

「ですね」

ジェントルは護衛兵の仲間とひとしきり話し込むと困ったもんだと独り言を呟いた。

＊

モモに会いに来たレン率いるピースアイランドの護衛兵有志とジェントル率いるシェルターシティ護衛兵はシェルターシティ入り口で睨み合っていた。

レンはモモを出せとジェントルに詰め寄り、ジェントルは拒んだ。

「おい、ジェントル、モモを今すぐ連れてこい。そうしたら許してやる」

「お前に許される筋合いは無い。本人も嫌がってる、仲間を連れて帰れ」

「そんな筈は無いやろ。モモは俺に惚れてる」

「お前、ほうぼうでそう言って女の尻を追い回してるそうじゃないか。誰も信じないぞ、帰れ」

「追い回してでも相手にしてくれるのはモモだけじゃい」

「お前、相当、飢えてるな」

「やかましい」

モモは離れた所からその様子をじっと窺っていた。

「ここで言い争ってもしょうが無い、こうなりゃ力ずくじゃ」

「望むところだ。だが護衛兵や住民を巻き添えにして争ったらまた戦争になって、かつての訳の分からない一世紀戦争の二の舞だ。ここは、シェルターシティの護衛隊長の俺、ジェントルと、ピースアイランド一のワル、ピースアイランドの槍騎兵という噂のお前と、一対一の素手のデュエルでケリを付けようじゃないか」

「ええやろ、望むところや」

ジェントルの提案に乗ったレンは素手のデュエルで決着を付ける事に同意した。

二人はギャラリーの見守る中、対峙した。

(喧嘩はビビった方が負ける、ジェントルは目が見えん、先ずは言葉で機先を制してやる)

「おい、ジェントル、俺はお前を八つ裂きにしてマリンブルーの藻屑にしてやる、覚悟せえや」

ジェントルは警戒しつつレンに向かって気配を頼りにタックルしてきた。レンはジェントルのタックルを膝蹴りで迎えようとしたが、ジェントルの勢いのなさに拍子抜けしてタックルを受け止めた。ジェントルはレンに受け止められると両腕でレンの肩にしがみついた。

（コイツ、やっぱりビビってやがる、ちょっと遊んでやるか）

レンはジェントルに合わせて腰の辺りを両手で摑むとそのまま引きずり回そうとした。

その時、レンはジェントルに力一杯で倒され、もんどり打って地面にたたきつけられた。

（おりょ？　……）

レンが呆気にとられて地面に這いつくばる寸前、ジェントルの渾身の右ストレートがレンの左目に向かって放たれた。

「痛っ……」

ジェントルの拳と地面の挟み撃ちになったレンは、そう言うと地面にうずくまった。

「痛たたた……」

「どうだ、参ったか？　レン」

「痛ーっ……」

「これに懲りたら二度と来るな、分かったか」

「痛ーっ……分かった……今日は帰る」

「何だ、あっけない。アレが噂のレンか、口ほどにも無いな」

ギャラリーはあっという間の二人のファイトに拍子抜けすると、口々にそう言って帰って行った。

「ハハーッ、レン、いい気味よ、これに懲りたら二度とうちの許可なくシェルターシティに来るんじゃないわよ、分かったわね。さもないとまたジェントルさんにコテンパンにしてもらうからね」

地面にうずくまっているレンにいつの間にか近づいてきたモモが、勝ち誇ったようにレンに捨て台詞を残して去って行った。ギャラリーが皆足早に去って行くと、二人きりになったジェントルがレンに肩を貸してきた。

「おい、レン、俺の肩につかまれ、出口まで連れてってやる」

ジェントルはそう言ってレンに肩を貸すと、レンを連れて出口へと歩いていった。

「お前、強いな」

「…………」

帰り道の途中で突然ジェントルにそう言われたレンは、それには何も答えず、ただ歩いていった。

「お前、本当は俺よりずっと強いだろう」

「…………俺は女と食いもんに不自由しなけりゃそれで良い」

「わざと負けたな」

「…………」

「本当は自分が悪いと自覚してるんだな」

「…………」

「モモの事、本気で好きなんだな」

「…………」

「これからは、もっとちゃんと口説いてやれ」

「…………」

「羨ましい」

「…………」

シェルターシティの出口に辿り着くと、ジェントルはレンを肩から離し、

「もう寄りつくな」

そう一言言うと去って行った。レンがシェルターシティから去って行くと、二人の様子をそっと覗いていたモモが心配そうにそっと呟いた。

「アイツ、大丈夫かな」

第二章・トール

「一人で来い」

モモにそれだけのメールで突然呼び出されたレンは、シェルターシティへと向かった。

（一人で来いって果たし合いじゃねえんだから……）

レンがシェルターシティのモモの家に着くと、モモと護衛兵がレンを待っていた。

（二人きりじゃねえのかよ）

レンはモモの姿を見るとほっと安心しながらもがっかりした。

「レン、敵を討って」

到着するなりモモにそう言われたレンは訳が分からず聞き返した。

「敵って誰の？」

レンはモモの思いがけない言葉にとまどった。

「ジェントルさんが殺された」

「えっ？　ジェントルが？　相手は誰だ？」

「トールっていうビッグアイランドの軍人です」

二人の間に割って入るように護衛兵が口を挟んできた。

「実はシェルターシティとビッグアイランドは一世紀戦争が終わってからずっと友好関係にあったんですが、ここ最近、ビッグアイランドからの要求が厳しくて関係が悪化してて……それで」

「それで？」

「ビッグアイランドからもっと軍事費を寄越せ、さもないとお前の国を守ってやらんと要求されてて。つまり国際間のみかじめ料みたいなものですが」

「余裕があったら払ってやればいいじゃないか、それで丸く収まるなら。よくある事だ」

「それはそうなんですが、一度要求に応じたら、次から次へと要求がエスカレートするのが世の常でして」

「まあ、それはそうだな」

「ピースアイランドみたいにある程度独立独歩でいけたら良いんですけど、ウチは伝統的にどこにでもいい顔してやっていくのが基本方針でして……」

「だから争いとも無縁なんだろ」

「ええ……ですが、流石に今回はって事で、うちにも優秀で強い兵士はいる、って主張したらそれぞれ代表者を出して勝負してみようって事になって、ウチはジェントルさんが代表してビッグアイランドを代表して来たのがそのトールって相手でして」

「で、負けたのか？」

「トールって奴は二メートルを超える巨漢でして、対戦した時、盲人のジェントルさんの両目を集中的に狙ってきて、勝負が付いた後も頭上からジェントルさんを殴打しまくってきて」

「そりゃ、酷いな」

「ね、まるでうちの父を殴り殺したレンみたいでしょ」

（俺とはちょっと事情が……）

「それで、ジェントルさんが息を引き取る前に、『ピースアイランドには、俺よりずっと強い奴がいる、ピースアイランドの槍騎兵と言われているレンが俺の敵を取ってくれる』ってトールに言い残して」

「待て、待て。俺は別にジェントルと親しい訳じゃ……それにビッグアイランドへのみかじめ料はどうなった？」

「それがですね、ビッグアイランドの現大統領もレンさんの噂を耳にしてたらしくって、レンさんに勝ったジェントルさんを倒してもレンさんに勝たないと他国に示しが付かないって仰ってて、トールも俄然その気になってまして」

「何で俺？　関係無いじゃん」

「その……ピースアイランドはずっとビッグアイランドからの干渉も受け流してきたし……シェルターシティからのみかじめ料もレンさんと決着が着くまで猶予を貰ってまして」

「何でそうなる？　俺関係無いじゃん」

「まあそう言うなよ、レン」

（コイツ、昔はしおらしかったのに、俺がジェントルにやられてから尚更態度がＸＬに……）

モモのタメ口にレンはげんなりしながら話の続きを聞いた。

「で、どこで対戦するの？　場所は？」

「敵を討ってくれるんですね、ありがとうございます、レンさん」

「一応訊いただけで、まだやるって決めてな……」

「それから、ジェントルさんが、今際《いまわ》の際《きわ》に『ハイマウンテンからの景色が見たい』。そうレンに伝えてくれって」

「ハイマウンテン……（成る程な……）ふーん……」

「じゃあ、そういう事で、レンさん、日程と場所は追って連絡します。後は二人でごゆっくり、羨ましい」

それだけ言い残すと、護衛兵は喜び勇んで報告しに出ていった。

「待て、決めた訳じゃ……ところで、モモ、これからどうする?」

レンは二人きりになったのを見計らってモモに切り出した。

「レン、もう帰って良いわよ。用は済んだしね」

「負けたら、俺もジェントルみたいに殺されるんじゃ。その前に、ヒッヒッヒッ……」

モモに抱きつこうとするレンをさらりと身を翻して躱すと、モモはレンにニンジンをぶら下げた。

「ふふふ……レン、もしトールに勝ったらまた夜這いに来させてあげる。それまではね、お・あ・ず・け」

(モモの奴、俺がトールに負けっこないって思ってるな。俺はトールが殴り殺したジェントルに負けてるんやで)

レンは去って行くモモの姿を見やりながら、そう独りごちた。

＊

レンはシェルターシティのエンジョイパーク中央でトールと対峙していた。エンジョイパークはレンがジェントルに負けた時に戦った場所で、験《げん》を担いだビッグアイランドからの指定の場所だった。

（何もこんな所でせんでも）

レンはトールの巨軀を見やりながら独りごちた。

「それでは、両者、始め」

レフェリーの掛け声と共に、レンとトールは互いに戦闘態勢に入った。

「レンの奴、またすぐ負けるんじゃ……」

「こんどは負けを認めてもトールに殴り殺されるぞ」

モモは、先日の態度とは打って変わった様子で、心配そうにレンを見つめていた。

ギャラリーの大半が、心配する中、いきなり機先を制したのはレンだった。レンは戦闘開始直後、トールに飛びかかり、みぞおちに膝蹴りを食らわせると、トールの腰を折った。トールの腰を折るやいなや大きくジャンプしたレンは、みぞおちの痛みに堪えきれずに屈んだトールの後頭部目がけて右肘を突き立てた。

「オオーッ」

思わぬレンの先制攻撃に、ギャラリーは沸きたった。

(トール、お前の弱点はここだ)

レンは屈み込んだままみぞおちを両手で押さえ、顔だけ上げたトールの顔面に渾身の右ストレートを見舞った。休む間もなく続けて左でまた右で、と連打でトールの顔面を強打し続けた。堪えきれずに顔を下げたトールに左右のアッパーで尚も顔面を狙い続けた。たまらず両手で顔面を防いでレンの目の前に現れたトールの後頭部に今度は強烈な拳を見舞った。

(堪えきれずに頭を見せたな、これを待ってたぜ。お前の弱点は頭だ。巨軀のお前は自分より大きな相手とやりあったためしが無い。だから頭を攻撃されたことが無い筈。頭は鍛えようが無い上に攻撃されたことも無い。急にやられたら脆いぜ。ジェントルが俺に言い残したのはこの事だ。『ハイマウンテンからの景色が見たい』とは頭の上から攻撃しろっていう意味や)

レンの強打に打ちのめされたトールは倒れ込み、倒れ様、右手で地面に手を突こうとしたがレンに足蹴りで右手を払われ、地面に頭を強く打ち付けた。倒れ込んだトールの頸動脈や後頭部目がけてレンは容赦なくかかとの足蹴りでトールを踏みつけた。

「もういい、もういい、勝負は着いた」

レフェリーが慌てて二人を止めた。

「ビッグアイランドの関係者の方々もトールの負けで良いですね」

レフェリーの呼びかけに、苦虫を噛み潰したような表情だったビッグアイランドの有力者も同意した。

「レンがこんなに強いとは」

ギャラリーを含め、一同はレンの強さに驚愕した。モモも呆気にとられてレンを見つめていた。トールは戦意喪失で虫の息だった。トールは死ぬ間際にレンにこう問うた。

「流石だ、レン、お前はやっぱり強いな。だがもし俺が自分より背の高い奴と対戦した経験が豊富で頭上にも隙が無かったらお前はどう俺と戦ったんだ。俺が死ぬ前にそれだけ教えてくれ、俺への冥土の土産だ」

レンはその問いには答えず、トールにこう言い放った。

「やかましい……そんな事、俺の知ったこっちゃねえ、大体強えだの弱えだのしょーもねえ、そん時はそん時じゃ」

第三章・ジュースド

「またモモに振られた」

その日、レンは荒れていた。トールとのデュエルに勝った褒美として、友好関係締結の使者も兼ねて、ビッグアイランドを訪問していたレンは、束の間のオフにビッグアイランドの場末のキャバクラ「マーヴェラス」に立ち寄り、友人のバディにこう愚痴った。

「またか、お前等、一体どうなってるんだ？　お前等は本当に仲が良いんだか悪いんだか」

バディは呆れた様子でレンの愚痴を聞いていた。

「もうヤケじゃ」

「ねえ、イケメンのお兄さん二人とも、モモってだあれ？」

キャバ嬢がそう聞くとレンはそれには答えず安酒をあおっていった。

「他の女の事、口にしちゃ嫌よ、このイケず」

キャバ嬢にそう言って乳首をつねられたレンは少し痛そうに顔をゆがめたが、尚も酒をあおっていった。

「もうヤケじゃ、今日は酒池肉林じゃ」

「まあ、威勢が良い、このお兄さん、もっと呑んで」

「どうせ役に立たなくなるくらいヤケ酒呷る癖に」

バディが憎まれ口を叩くのも聞き流すと、レンはひたすらにグラスを傾けていった。

「まあ、このお兄さん、気っぷが良いわ。私達もご相伴にあずかってもい〜い？」

キャバ嬢達におだてられて気分の良くなったレンは大見得を切って言った。

「お前等も好きなだけ呑め、今日はパーティじゃ、酒池肉林じゃ」

「きゃ〜、レン様、カッコイイ〜」

「おい、バディ、お前も好きなだけ呑め、今日は無礼講じゃ」

「無礼講って、お前に部下はおらんやろ」

「今日は、暴れるで〜」

モモと喧嘩した腹いせにレンは下戸のバディも巻き込んでマーヴェラスでどんちゃん騒ぎをした。酔った挙げ句、バディに止められるのも聞かず、店員や黒服に悪態をつき、散々絡んだ挙げ句、ゲロを店内に吐き散らし、意識も朦朧となったレンは、バディと二人で他の客がみんな帰るなか、気がつくと閉店まで残っていた。バディが用を足しに席を外すと、レンの相手をしていた自称、店のナンバーワンキャバ嬢のエロティカが同じくレンを介抱する振りをしていたキャバ嬢のアイに耳打ちした。

「このタチの悪い客の財布、抜いてやろうよ」

「そうね、女と喧嘩したかどうか知らないけど散々うち等に悪態つくし、ゲロはまき散らすし、抜いてやれ」

「後はジュースドさんに任せましょ」

「友達も今いないしチャンスよ」

バディが席に戻ると一人でソファーに寝かされていたレンとバディに、ひときわ大柄な黒服が寄ってきて二人に告げた。

「お二人共、閉店の時間ですよ、そろそろお会計をお願いします」

「おい、レン、閉店だって、もう帰ろう」

バディに体を揺すられ、起こされたレンは、寝ぼけ眼でまぶたを擦りながら起きてきた。

「今日は酒池肉林じゃ、無礼講じゃ、ん……もう閉店か？……」

「三七〇〇ドルになります」

「んっ、店の割に高いな。でもまあいい、金はある、財布はどこじゃ？　あれ？　無いな、バディ、知らんか」

「おい、レン、ひょっとしてお前、財布抜かれたんじゃ……この何か店ヤバいぞ。お前、騒ぎ過ぎだし、この料金も、この黒服も」

バディが耳打ちしたが、レンは気に留めること無く財布を探していた。

「お客さん、困りましたね、無銭飲食ですか？」

黒服が慌てもせずよくある事と二人に詰め寄ると、バディがレンを見やって更に耳打ちしてきた。

「おい、お前やっぱり抜かれてるな、ヤバいぞ。俺も今日はお前が奢るって言ってたから手持ちタクシー代くらいしか……」

「お客さん、お金、払うんですか？　払わないんですか？　それによっちゃあうちの対応も変わってくるんですがね」

黒服は更に詰め寄った態度で冷たく言い放った。

「お前等……抜いたな……」

「言いがかりはやめてくださいよ、払うんですか？　払わないんですか？」

「まあいい、今日はちょっと俺も悪ふざけし過ぎたしな、財布抜いた事は見逃してやる。俺の名前でツケとけ、俺はピースアイランドの槍騎兵と言われるレンじゃ」

飛び飛びの意識の中、レンも慌てずこう言い放った。

「聞き捨てなりませんね。お客さん方、当店の従業員がお客さんの財布を抜く筈無いじゃありませんか。ピースアイランドの水鉄砲か何か知りませんがお客さん、最初から無銭飲食のつもりだったんじゃ無いですか？」

「ちょっと雰囲気ヤバくなって来たぞ。謝ってピースアイランドの同行者に金持ってきて貰おう。それまで待っててくれるよう一緒に頼むぞ、ほら謝れ」

「ちょっと待て、バディ、俺も騒ぎ過ぎたから下手に出てやってるんじゃ。あまりふざけた態度取ったら後悔するで」

「お前、酔ってフラフラじゃないか。悪い事は言わん、取りあえず謝っとけ。どうもコイツが済みません」

「やかましい。おい、お前、ツケとけったらツケとけ。金が入って気が向いたら払ろたる、出世払いじゃ」

「ちょっとお客さん、ここじゃ何なんで、裏口に来て貰えますね」

「おう上等じゃ、裏口でもどこでも行ったる。俺もピースアイランド一のワルと呼ばれた男じゃ、上等じゃ」

　キャバクラ、マーヴェラスの裏口に連れて来られたレンはバディの止めるのも聞かず、やたらとガタイの良い黒服と対峙した。

「お客さん、ここは連れの方の言う通り謝ってお金持ってきて貰った方が良いですよ。あの黒服はジュースドさんと言って元々体が大きくて強い上に、更に強さを求めて筋肉増強剤とかありとあらゆる薬物を使って鍛え上げたまさに地上最強の男と言われる方ですよ。あの先日シェルターシティで亡くなったトールっていう軍人も喧嘩を売らなかった方ですよ。あなたのような小さくて優男風な方がとても敵う相手じゃない、半殺しにされるのがオチですよ」

「何馬鹿な事言っとるんじゃ、トールが喧嘩売らんかったからどうした？」

一緒についてきた黒服が自信満々にレンに忠告するのも聞かず、レンはジュースドと呼ばれる黒服に殴りかかった。

「これで終わりじゃ」

レンがジュースドの顔面に右ストレートをかますと、ジュースドはそれをよけもせず顔で受けると、ニヤリと笑って言った。

「蚊の鳴くようなパンチだな、アケミに張られたのと変わらん」

「アケミって誰じゃ？　その気の強そうな女、俺にも紹介せえや」

レンが続けて左ストレートをジュースドに見舞うとジュースドはせせら笑った。

「そんなに紹介して欲しけりゃ紹介してやる、アケミっていうのは死んだ俺のばあちゃんだ」

そう言うや否やジュースドはレンの髪の毛を掴み、裏口の壁のレンガにレンの顔を叩きつけた。

「痛っ」

レンは顔面を強打して呻いた。ジュースドは更に何度も何度もレンガにレンの顔を叩きつけた。

「痛ーっ、痛たたたたた……参った、参った」

レンは降参して路地に倒れ込んだが、ジュースドは許さなかった。

「お前みたいな礼儀知らずはこうしてやる。お前なんか死んでも知るか」

ジュースドは地面に倒れているレンの顔面を思い切り何度も何度も踏みつけながら吠えた。

あまりのジュースドの剣幕に他の黒服達も誰も止められないでいたが、バディが懇願するようにジュースドとレンの間に割って入って言った。

「もう止めて下さい、このままじゃレンが本当に死んじゃう。お金は俺がピースアイランドの知り合いに電話を掛けて持って来させます。この通りです、許して下さい、お願いします」

「フン、こんな奴でも、一応友達はいるらしい」

バディに止められてようやくこれ以上レンを踏みつけるのを思いとどまったジュースドは、レンに唾を吐きかけると捨て台詞を言った。

「弱い奴は生きてても意味が無い。弱くなったら生きていく価値が無い。弱者は強者に虐げられて、踏みつけられるだけだ。だから俺は六〇も超えて弱くなって老いさらばえてまで生きるつもりは無い、だから俺は天性の恵みに加えて薬物の力であろうが何だろうが利用してドーピングまみれでも強くなった。俺が負ける時は死ぬ時だ。それに引き換え何だお前は。たかが女と喧嘩したぐらいでヤケ酒呷りやがって、情けない。女なんか強けりゃ向こうから幾らでも寄ってくるのに、それでもお前男か？」

「モモは特別じゃー……今日は無礼講じゃー……」

失神寸前ながらも酔いも手伝ってレンは尚も独り言のように呟いた。

「フン、まだ言ってやがる。話の分かる相棒がいて命拾いしたな。せいぜい、女に介抱される夢でもみてろ。おい、行くぞ、もう二度と店にその汚い顔を見せるなよ」

ジュースドが黒服を連れて裏口から去って行くと、去り際に物陰から様子を見ていたキャバ嬢のエロティカとアイが意地悪そうに笑っていた。

＊

「レンがまたやられたらしい」

「誰にやられたんだ？　あのトールを殺したレンを半殺しに出来る奴なんてこの世にいるのか？」

顔中真っ赤に腫らしてビッグアイランドから命からがら帰ってきたレンの顔を見たピースアイランドの住民は、恐る恐る噂に花を咲かせていた。

「何でもビッグアイランドのタチの悪いキャバクラで暴れたら、ボラれて、財布抜かれて用心棒の黒服に殺されかけたらしい」

「友達のバディが泣いて謝って、金工面してようやく許して貰ったんだと」

「何でまたそんな店に」

「モモと喧嘩してヤケになってたらしい」

「またモモ絡みか……本当にどうなってるんだ、あの二人は」

「くわばら、くわばら」

「しっ……レンが通る、聞こえるぞ」

レンは顔を腫らしたままじっと前を見据えていた。

（俺は負けた……完膚なきまでにやられた……バディがいなけりゃ殺されてたかもしれん……この俺の哀愁を帯びた姿に女どもが列をなして同情してるだろ……また女を泣かせちまう……モモも草葉の陰で泣いてるだろ……）

＊

その頃ピースアイランドの長老となっていたレンの父親のコジローとコジローの義理の弟でピースアイランドの護衛隊長兼副長老となっていたムケッカは、大国、ビッグアイランドとの交渉に苦悩していた。

「ですから御国の国防にウチはまる乗っかかりするつもりは無いんですよ、シェルターシティと同様に」

「ですがピースアイランドは年々国防が弱くなってるじゃないですか。ウチも自国の予算を割いてまで御国を守る謂れも無いですしねえ。ある程度負担してもらわないとねえ」

ビッグアイランドの高圧的な物言いにムケッカは我慢出来ずに声を荒げた。

「小国と云《い》えど侮るなかれ。かつてビッグアイランドをして悪の枢軸と呼ばれていたあの悪名高いテッシンを殺し、ビッグアイランドに民主の風を吹き込んだのは誰あろうピースアイランドの現長老のこのコジローさんですよ。お陰でビッグアイランドの反テッシン勢力が勢いづき、テッシンの一族を裁判にかけ、投獄し、現大統領の礎を築いたんじゃないですか？　そうでしょ？　ゲバラ大統領。御国、ビッグアイランドにはまだまだコジローシンパも多いと聞きますよ、ねえ義兄さん」

「まあまあムケッカ、落ち着いて」

「(コイツ、痛いところを……)まあ、それはそうですが」

「おまけにシェルターシティと御国との国防予算の配分を巡る紛争の解決に一役買ったのは、そのコジローの長男のレンですよ。御国最強の兵士と言われていたあのトールを打ち負かしたんですからね。それだけでもウチの国防力はまだまだ優れていると言えるでしょう。あのワイルドブロッカーズ一佐だったムサシ、古くはその前の護衛隊長から続く由緒ある血筋は脈々と受け継がれてますよ」

「それもそうですが、あのレンは女と食い物にしか興味が無いアホとか……」

ムケッカの勢いに押されてきたビッグアイランドの大統領のゲバラは、必死にピースアイランドのアラを探した。

「そんな事ないですよ、アレはアレで要所は押さえる奴です。じゃあこうしましょう、もう一度、御国ビッグアイランドの代表者と我がピースアイランドの代表者をデュエルで対戦させましょう。まあ、それで、お互いの兵力もある程度測れるでしょうし、こんな些細なことでまた一世紀戦争のような愚かな結末はゲバラ大統領、あなたも望まないでしょうしね、どうですか？」

「う……まあ……そこまで言うならそれでも。まあ、それが平和的ですし、犠牲も最小限で済みますがね」

ゲバラ大統領も渋々ながら納得した。

「（乗ったな……）ウチは当然、レンを出しますよ」

ムケッカは自信満々に宣言した。

「ムケッカ、そう話を進め過ぎるな、まだレンに訊いてないし」

「まあ義兄さん、いいから。で、ビッグアイランドは誰を出すんです？ 当然、トールよりも強い奴でしょうね」

「トールより強い兵士はビッグアイランドに大勢いますよ。でもウチは相談して……あっ、でも、会場はビッグアイランドのコロシアムにさせて貰いますよ、それくらいは良いですよね」

「いいでしょう、いずれにしてもウチはレンを出しますよ」

「それでは後日、改めて」

「では後日」

ビッグアイランドのゲバラ大統領が去った後、ムケッカはコジローに嬉しそうに話し掛けた。

「義兄さん、これでビッグアイランドとの交渉も上手く行きますね」

「ムケッカ、安心してるようだがレンはなあ」

「大丈夫、泥船に乗ったつもりでアイツに任せましょう」

「泥船って……イミが……レンは俺とナナが育て方を間違ったのか自由奔放過ぎて……」

コジローの不安をよそにムケッカは上機嫌だった。一方ビッグアイランドではレンと対戦させる人材の選抜に頭を悩ませていた。

「よりにもよって、あのトールを殴り殺したレンと対戦させるウチの兵士なんているのか？」

「でもレンは確かに強いがかなり抜けてるとも聞くぞ」

「この前もビッグアイランドのキャバクラで黒服に殺されかかったとか」

「底の抜けた奴だな。で、レンを半殺しにした黒服っていうのは？」

「あのジュースドです」

「ああ……あのドーピングまみれの奴か。確かにトールも煙たがってたな」

「問題の多い奴ですが、強いのは事実です。レンとの相性も良さそうだし」

「気が進まんが、奴を担ぎ出すか。奴ならレン相手でもビビらなそうだし、兵士連中じゃ、めぼしいのも見当たらないしな。毒をもって毒を制するか……」

「おい、誰かジュースドに連絡を取れ」

ビッグアイランドでは会議の末、ジュースドを担ぎ出すことで決着した。

＊

「ジュースドさん、政府から連絡があって、ピースアイランド代表の兵士とデュエルをして欲しいそうです」

「相手は誰だ?」

黒服の一人にジュースドは、コカインを服用しながら訊いた。

「レンとかいう奴だそうです」

「レン？　はて？　どっかで聞いたような」

「あのピースアイランドの長老でテッシンを殺したコジローの息子だとか」

「そいつ、強いんだろうな?」

「ピースアイランドの槍騎兵と呼ばれてるそうで」

「はて？　それもどっかで聞いたような、……槍を使うのが上手いのか？　今時古風な奴だな」

「いやっ、それは自分で言い始めた異名だそうで、何でも俺は女と食いもん以外一切興味が無いと公言してるような奴だとか」

「ふざけたアホだな」

「でもあのトールを殴り殺した奴で護衛兵の中じゃ、もう対戦したがる奴がいないとかってんでジュースドさんにお鉢が回ってきたとか言って」

「へえ、あのトールをねえ、俺もトールとは一度やり合ってみたかったぜ」

「レンを倒せばピースアイランドにもウチの支店が出せますね」

「そうだな、ピースアイランドの女にも興味があるしな。ビッグアイランドの女は食い飽きてきてるしな、さっさとレンとやらを片づけて支店を出すか。おい、政府に受けるって連絡しとけ」

「分かりましたジュースドさん、勝ったらまた武勇伝を聞かせて下さい」

＊

その日、モモは友達のナオミとカフェテリアでランチをしていた。

「ねえモモ、モモは今度のレンとジュースドのデュエル、応援に行かないの？」

モモの友達のナオミはモモにおずおずと聞いた。

「うん、何かOG・ピッグが噂を嗅ぎつけてて一悶着ありそうだから行ーかない、それにうち、あのババア嫌いだもん」

「それってレンに教えた？」

「別にいいよね、あのレンの事だから何とかするに決まってるし」

「ふーん、そうなの、モモって案外冷たいのね」

「そんな事なーいもん」

モモとナオミはひとしきり話し込むと、窓から外の景色をお互い見やった。

＊

レンとジュースドはビッグアイランドのコロシアムで対峙していた。ジュースドはレンの顔を見るなり、馬鹿にして笑いながら言った。

「何だ、女に振られてヤケになってたあの時の酔っ払いのチビか。性懲りも無くまた来たのか。今日はちょっとはやれるんだろうな？　今度は手加減せずお前を殺すぞ」

レンはジュースドの挑発には乗らず、こう言い返した。

「やかましい、やれるもんならやってみろ、黙って戦え」

「それでは、両者、始め」

レフェリーの合図でデュエルが始まると、ジュースドは機先を制するかのように、レンの顔面に向かって右ストレートを見舞った。レンはそれを右ステップで躱すと、ジュースドのみぞおちに左膝蹴りを食らわせ、ジャンプすると屈んだジュースドの後頭部に左肘打ちを打ち付けた。思わず顔を上げたジュースドの顔面に左右の連打を嵐のように見舞っていった。ジュースドは思わず頭を下げた。レンは頭を下げたジュースドの顔面を左右のアッパーで尚も執拗に狙った。

（そろそろ倒れて手をつくな……）

レンは勝利を確信した。だがジュースドはなかなか倒れなかった。それどころかレンの右アッパーをたぐり寄せるとレンの胴回りを両腕で摑み、締め上げながら言った。

「成る程、今日はシラフだから少しはやるようだな。だが捕まえたぞ、このまま締め上げて殺してやろうか？　それともバックドロップで頭ごと地面に打ち付けて殺してやろうか？　どうにでもやれるんだぜ」

「やかましい、やれるものならやってみろ」

レンはそう言うとしがみついたジュースドの腹部に膝打ちを繰り返し、両耳目がけて耳をそぎ落とさんばかりに左右のチョップを見舞った。

ジュースドはレンを締め上げたりバックドロップを食らわせようと持ち上げようと試みたりして、レンの体力を少しでも奪おうとした。

レンはジュースドを離れさせ、地面に倒れて手をつかせようとみぞおち目がけて膝打ちを繰り返し、両耳目がけて左右のチョップを見舞い続けた。

両者膠着の状態が暫く続いた時、ふいにレンを締め上げていたジュースドの両手がレンの胴体から外れた。二人とも疲労の色が見え始め、もう一度レンを締めようとするジュースドと離れて打突系の攻撃を繰り出そうとするレンは揉み合った。ジュースドはレンと揉み合った末にレンを地面に組み伏せて上から覆い被さった。組み伏せると体格で大きく勝るジュースドが攻勢になる。だがジュースドもレンの体力を奪うだけで、これといった致命傷をレンに与えられずにいた。善戦するレン。ジュースドはレンの顔回りを掴んで組み伏せたままレンに言った。

「柔道ならこのまま押さえ込み一本で俺の勝ちだけどな」

「お前の押さえ込みも俺には痛うも痒うも無いけどな」

レンもジュースドに言い返した。

「レン、お前なかなかやるな、ここまで俺に善戦してくる奴は初めてだぜ。ピースアイランド一のワルっていうのもあながち噂だけじゃ無いって認めてやる。だがもう終わりだ、降参しろ。そうすればお前の強さに免じて命だけは助けてやる」

（とは言ってもコイツの打突は確かに効いてる。もう一度食らえば俺も危ない。このまま首に手が回せれば一気に締め上げられるんだが）

ジュースドはレンを地面に押さえつけながら腕を首に回そうと必死で抵抗するレンの手を振り払おうとした。

「やかましい、誰がお前なんかに降参するか」

（腕でも足でも掴めればコイツを持ち上げて振り払えるんやが）

レンはジュースドが首に手を回そうとするのを両手でブロックしながら、ブロックしている両手をコテの支柱の様に利用して、組み伏せられたまま両膝をジュースドの後頭部に打ちつけた。再び膠着状態になる両者。

「レン、抱いてー」

勝負が長期戦の様相を見せ始めた時、突然、コロシアムに叫び声が鳴り響いた。

突然の叫び声に目を見やるギャラリーや両国の関係者。レンとジュースドも思わず目をやった。

そこには裸足に白いバスローブだけを纏った一人の老婆の姿があった。

「誰だ？　関係者以外、立ち入り禁止だぞ」

「見ろよ、ＯＧ・ピッグだ」

「どこで噂を嗅ぎつけて来たんだ？」

「噂好きだからなあ」

ＯＧ・ピッグは父親がシェルターシティの元有力者であった事で誰も口出し出来ないのを良い事に、好き放題、勝手気ままに他人の噂話や悪口を言いふらしては趣味の油絵に男性性器を描写してはそれを舐めるのを生甲斐にするような七〇過ぎの老婆だった。レンに思いを寄せ、モモとの仲に横恋慕していた。

「私は強い男が好き、レン、抱いて、ジュースド、あなたでも良いわ」

そう言うとＯＧ・ピッグは白いバスローブを脱ぎ捨て全裸で二人に近寄った。

ＯＧ・ピッグは身長一四〇センチでまだら白髪に禿げ面で、下唇がやたらと分厚い醜女で、全裸になると、超肥満の六段腹に、腹から背中にかけてインキンにかぶれた全身を恥ずかしげも無く晒した。

「あわわわわわわ…………」

「あばばばばばば…………」

その姿を見たレンとジュースドは卒倒した。

それを見てあわててOG・ピッグの付き人がバスローブを羽織らせた。

二人同様卒倒しかけていたムケッカが何とかレンに近づき抱き寄せると言った。

「レン、良くやったぞう」

ムケッカはレンの勝利を確信した。

慌てて近寄ってきたビッグアイランドの関係者がムケッカに言った。

「ジュースドさんの勝ちだろう」

「何言ってる、レンの勝ちじゃあ」

両陣営は互いに興奮して揉み合いになった。

「このままだとまた両国が揉めて戦争になるぞ、潔く負けを認めろ」

「戦争？　望むところじゃあ、どっからでも来いやあ」

事態を見守っていたピースアイランドとビッグアイランドの兵士達も巻き込んで一触即

発の事態になろうとしていた時、ＯＧ・ピッグが付き人の制止を振り払い、再び全裸になって割って入った。一同が唖然とする中、レンとジュースドに宣言した。

「二人の内勝った方に私の処女を捧げるわ」

そう言うとＯＧ・ピッグは倒れているレンに近づきレンの顔に放尿した。

「あわわわわわわわ………」

レンは気絶した。

「ジュースド、あんたも頑張ってね」

そう言うと続いてジュースドの顔に脱糞した。一同はあまりの出来事に卒倒した。最後にジュースドが気を失う前に頼んだ。

「あばばばばばば……だ……誰か……ジュ……ジュースを一トン持ってきてくれーい」

第四章・バトルロイヤル

レンとジュースドのドッグファイトは一応レンの勝利という形で決着を見た。しかしその決着にどうしても納得がいかないビッグアイランドの有力者達が真の勝者を決めようと、こんどは世界中の国々から最強の兵士達を一堂に会して戦うバトルロイヤルの世界最強兵士決定戦の企画を提案してきた。

ビッグアイランドの大統領のゲバラはコジローと付き添いのムケッカにこう言った。

「このままじゃあお互いにスッキリしないでしょう。かと言って今更もう一度ジュースドとレンをただ再戦させるのも芸が無い。ここは広く兵士を集めて名実共に世界最強兵士を決めようじゃあないですか。そちらは当然レンを出しますよね、ウチもジュースドを出しますよ。それで恨みっこ無しと行こうじゃ無いですか、それで良いでしょう?」

そう言われると後味の悪かったムケッカも同意せざるを得なかった。

「まあ……そういう事なら……でもこれが本当に最後でしょうな?」

「それは勿論ですとも、これでお互いに恨みっこ無しですよ」

会場は今回もビッグアイランドのコロシアムという事で合意を見た両国首脳はけたたましく大会を喧伝した。

＊

その日、レンとモモは朝食を摂っていた。モモはレンの為にゆで卵三個、トースト三枚、バナナ二本にじゃがバターとミルクを用意していた。

「なあ、モモ……俺今度バトルロイヤルで戦う事になったんだ……きっと俺は殺される」

ゴッ!!

レンがそう言うや否やモモの左ストレートがレンの頭頂部を襲った。

「痛ーっ……」

「お前が死ぬわけ無いじゃん、たとえ核爆弾食らってもお前だけは生き残るわ」

「ごめん……なさい……昔俺のじいちゃんがばあちゃんにサヨナラする時に言ったんだって」

「やかましい、余計な事言ってないで食ったらさっさと出かけろ」

モモはレンを追い立てるように急かした。

＊

ビッグアイランドでは一儲けを企むブックメーカーが、誰が優勝するかで盛んに聴衆の興味をかき立てていた。

「さあ、掛け率では本命は我がビッグアイランドのジュースド、対抗はピースアイランドの槍騎兵のレン、大穴にシェルターシティのナイフ、辺境一の戦士の呼び声高いコンドルも有力だよ、さあ、張った、張った」

宣伝効果もあって世界最強兵士決定戦は、ファイト前から大いに聴衆の関心を得た。

「それでは、全員、正々堂々、始め」

レフェリーの合図と共に、いよいよ世界最強兵士決定戦が始まった。

ファイトが始まるやいなやレンは両腕をナイフとコンドルに摑まれた。両足も他の国の兵士に摑まれて身動きが出来なくなったレンの顔面をジュースドの左右のパンチが襲った。

「この前はよくも俺の顔を好き放題殴ってくれたな、これはほんのお返しだ」

そう言いながらジュースドはレンの顔面や腹部を殴打し続けた。たまらず膝をついたレンに対してジュースドは他の全兵士達に呼びかけた。

「コイツをみんなでやっちまえ」

「おう」

呼びかけに応じた兵士達が一斉にレンに飛びかかった。

「ふふふ……良いぞ、良いぞ、もっとやっちまえ」

観客席から見物していたビッグアイランドの有力者達が盛んに歓声を上げげた。実はレンの実力を恐れたビッグアイランドの関係者が他国の兵士達をそそのかし、抱き込んでいたのだ。

早々と倒れ込むレン。レンが倒れた後、ファイトは一気に乱戦になった。

気がつくと乱戦を生き残ったのはビッグアイランドのジュースド、シェルターシティのナイフ、辺境一の戦士、コンドルの三名になっていた。

ナイフはコンドルに耳打ちすると、ジュースドに向かって言った。

「レンをやった時のように、今度はジュースド、あんたの番だ」

「ふふ……俺を二人がかりでやろうってのかい……面白い」

ジュースドはナイフとコンドルに二人がかりで襲われそうになった。

その時、ナイフとコンドルの頭を背後から摑んだ男がいた。あまりの力にナイフとコンドルは誰に掴まれたかを確認出来なかった。全身ボロボロのその男は、力を振り絞るとナイフとコンドルの頭をそのまま握りつぶした。

ジュースドの背中に戦慄が走った。ジュースドは思った。

（レン、あれだけやられて生きていたのか……コイツ……追い詰められると、とんでもない力を発揮する……コイツ、バケモンだ……）

「やっと二人っきりになれたね、センパイ♥」

レンはジュースドと対峙すると、血だらけの顔に満面の笑みを浮かべて言った。

「なんやお前ソレ？　俺を舐めてるのか？」

ジュースドは恐怖におののきながらもレンに向かって精一杯虚勢を張って言い返した。

「愛の告白や♥　ただし、俺の愛の告白はちぃーと骨身に染みるでエ」

レンがそう言うとジュースドは戦慄した。

レンの言葉に身動きが取れないでいるジュースドにセコンドから大声で指示が聞こえてきた。

「ジュースド、レンの奴はもうボロボロで立っているのがやっとだ。掴まれなければ何も怖くない。掴まれないように距離を取って攻撃しろ、そうすれば勝てる」

セコンドの指示に我を取り戻したジュースドが、指示通り距離を取り、レンに掴まれないようにパンチやキックでレンを追い詰めていった。

ジュースドの攻撃に後退するレン。だが、ジュースドの右ストレートをついに左手で受け止めるとジュースドを捕まえ、そのまま右肩を外し、地面に組み伏せた。

ジュースドはついに観念して最後に懇願した。

「お願い、やさしくして……乱暴にしないで」

レンはジュースドに引導を渡す前に一言言い放った。

「お前は俺の女か？」

第五章（最終章）・マナ

サッカーの得意なビッグアイランドのマナとレンは、ピースアイランドとビッグアイランドとの間の友好条約締結の際に知り合った。レンが友好条約締結祝勝会の二次会にゲストとして招かれていたマナをエスコートした際に、二次会会場のレストランでチェックの時にボーイに、

「ツケとけ、気が向いたら払う」

「はい、承知しました、毎度ありがとうございます」

と事もなげにあしらう姿を見てマナが見初めたのだ。ボーイ連中で、レンの事を知らない新参者が、

「良いんですか？　ツケだなんて、ウチはそんじょそこらの二流レストランとは訳が違いますよ」

と憤っていたが、先輩ボーイに、

「しっ、聞こえるぞ、良いんだ、あの方はあのジュースドを殺して以来、世界中であやってツケで飲食しても誰にも咎められない存在になってるんだ」

「でも先輩、気が向いたら払うだなんて無銭飲食じゃないですか」

「ああみえて後でキチンと払いに来るからいいんだ。あんまりあの方を怒らせるとお前もただじゃ済まないぞ」

と窘められる存在になっていた。

＊

レンはビッグアイランドに長期滞在する事になり、一緒に来ていた兵士達と日課の朝の散歩をしていた。

「散歩じゃ、散歩じゃ、ＪＫお散歩じゃ」

そう言ってレンがひとりではしゃいでいると、

「なあレン、モモがバトルロイヤルでお前が無事生きて帰ってきたから嬉し泣きしてたぞ」

「ふーん……」

兵士の一人がレンにそう言って教えたが、レンはそれを聞き流すように合槌を打つのみだった。

＊

「あなたは有名人、私もそう、あなたの気持ち、分かるわ」

マナはうっとりした表情でレンを見つめて言った。

そんな二人の会話を遮るように、ある体格の良い男がレンに話し掛けてきた。

「お話のお邪魔をして大変申し訳ございません。私は中国拳法の使い手でマーシャルと申します」

見かけによらず、紳士然とした話し口調の男は、続けてレンに懇願した。

「私は確かに中国拳法の使い手ですが、あなた様には到底及びません。ですが、なによりあなたのその実直な態度に感銘を受けました。どうかあなた様の弟子にして頂けませんでしょうか」

「弟子?……?　?　?　ナニ?　イミが分からんけど……」

「出来ればあなた様の知人としてでも友人としてでも良いので、お側に置いて下さい」

「イミが分からんけど、まあ良いけど……」

マーシャルは、態度こそ紳士だったが、腹の底ではレンを見下し、一泡吹かせようと企んでいる腹の汚い男だった。マーシャルは、周囲に、

(レンの強さには何か秘密がある筈だ。じゃなきゃあんなに小さいのに強い筈が無い。俺は奴の強さの秘密を暴いて奴をこの手で殺してやる)

そう漏らしていた。かくしてレンとマーシャルは行動を共にする事が多くなっていった。

レンはマナとデートを重ねた。マナはレンに事ある毎に、

「私の夢は幸せな家庭を築く事、有名になって富と名声を得る事じゃないわ」

と口癖のように言った。レンもマナに、

「俺もそうだよ、諍いや争いはもうこりごりだ、やすらぎが欲しい」

とエンパシーを表し、二人の仲は急速に接近していった。

＊

レンとマナが急接近しているという噂を聞きつけ、ピースアイランドでレンの帰りを待つモモは気が気ではいられなかった。

「どうしよう、レンをマナに取られちゃう、どうしたらいい？」

モモはレンの実家に駆け込むと、レンの母親のナナと父親のコジローに泣きついた。

「あのアホ兄ぃ、またフラフラ女の尻を追っかけて」

レンの妹のサラはモモに同情して兄の悪口を言った。

「まったくアイツはすぐ調子に乗って。でもモモちゃん、大丈夫だよ、アイツはああ見えてキモは押さえておく奴だから」

コジローもモモを慰めた。

「あの子にも困ったものねえ……」

ナナはモモを心配して言った。

「でもモモちゃん、あの子の気を引くとっておきの秘策があるの。私がその秘策をモモちゃんに授けてあげるわ。あの子はね、こう言うとコロッと落ちるのよ、それはね……」

そう言うとナナはモモの耳元で二言、三言、囁いた。

「えっ、そんな事で良いんですか？　本当に」

「モモちゃんはプライドを軽く打ち砕かれて嫌かもだけど、これであの子のハートは鷲掴みに出来る筈よ」

「プライドだなんて、私、ちっとも。それだけで良いんなら、私、母に許可貰ってレンに言ってみます、ありがとうございます」

モモはナナにお礼を言うと、母親の許可を得にシェルターシティの自宅へと帰っていった。モモの後ろ姿を見ながら、コジローはナナに話し掛けた。

「ママ、あんな事モモちゃんに教えちゃっていいの？」

モモが立ち去った後、コジローはナナに話し掛けた。

「別にいいのよ、モモちゃんいい子だし、それに私、知ってるし」

「ん？……」

コジローの問いかけにナナは説明するように語り始めた。

「モモちゃん、実は父親にレイプされてたんだって。それで怒ったレンが殴り殺したんだって。警察も事情を知っててレンはシェルターシティの友好国のピースアイランドの護衛隊長で恩もあるからって逮捕しなかったんだって。他にもレンは事ある毎にモモちゃんを護ってるし、モモちゃんもレンの支えになってるのよ」

「へー、あのモモちゃんが、意外と苦労してるんだね、知らなかったよ」

「なんだかんだであの二人お似合いなのよ」

「モモちゃん……良い子じゃないか、レンには勿体ないくらいの、ねえママ」

「そうね、パパ、あの二人、上手く行くかしら」

「収まるところに収まってくれりゃいいんだけど」

「あの子、ママの若い頃に顔も性格もそっくりだから案外上手く行くよ」

「あら、そうかしら、私の若い頃に似てるかしら？　サラ、そう思う？」

「知〜らない」

三人はモモの後ろ姿をじっと見つめていた。

＊

レンはマーシャルと打ち解け、世間話をする間柄になっていた。レンはマーシャルに、自身の過去の恋愛談をした。

「俺にはかつて良いなと思った女が三人いる。一人はミユキ、護衛兵応募の書類を提出した時に係員だった女だ。俺が書類を提出する時に、歯磨きした清涼感のある息を吹きかけてきた女だ。手続きの書類をわざとミスして俺に『もう一度会いたい』と言ってきた。俺はそれを『異国のアプローチ』と呼んでいた、卓球が得意な中国系美女やった、いい女やった」

「その子とは付き合ったんですか？」

「いや、モモがいたから付き合わなかった。二人目はナオミ、俺が怪我で入院してた時に知り合った女だ。目元がキュートでな、歯並びに若干自信が無いからいつも白いマスクをしてるんだが、ある時、俺に寄り目をしてアプローチしてきた。俺は『駄目だ、この目を見たら好きになってまう』って咄嗟に視線を外したんや。ナオミは『私、ただ、ちょっと面白いだけ』って言ってたけど、スタイルの良いスレンダー系美女やった、いい女やった」

「その子とも付き合わなかったんですね」

「モモがいたからな。三人目はマユ、俺が別の怪我で入院してた時に知り合ったナースや。その女は常々『入院患者さんと親しくなり過ぎたら、後で別れが辛くなるだけ』って言ってて、患者とはある程度、距離を置いて接するように心がけてはいたんやけど、実は優しい良い子でな、俺と親しくなると俺の事好きとか公言してな、俺がトイレに入ってて尻が見えてると『セクシーヒップ』とか言っておだててくれてたんや。水泳が得意でバタフライの出来るナース系美女やった、いい女やった」

「その子と知り合った時にもモモさんがいたんですか？」

「そうや、だから付き合わんかった」

「ちなみに今のマナさんとはどうなんです？」

「マナか……あの子もいい女やな」

「付き合うんですか？」

「……分からん。今日も疲れたなあ、そろそろ帰るか」

レンは、ひとしきり女の話だけし終わるとその場を立ち去った。残されたマーシャルは不思議そうに他の仲間に話し掛けた。

「レンの強さの秘密は何だ？　……トレーニングも程々にしかしないし、無駄話は多いし、訳が分らん……」

「アイツはかつてピースアイランドのブートキャンプで辺境の視察と称して、土産の銘菓を持参してきて、世間話をひとしきりし終わると、銘菓を手渡してそのまま帰って行ったっていう話は、新兵の間で『あの人何しに来たんだ』って伝説と化しているそうですよ」

「ただ、アイツは、怒ると手が付けられなくなるが、それ以外はいたって普通の奴だ」

「どうするんです？」

「しょうがない、アイツを怒らせないようにして殺そう」

数日後、マーシャルは何事も無かったようにやって来たレンにこう切り出した。

「レン、急で悪いが、実は俺はもうお前とは手を組めない」

「どうして？　何かあったんか？」

突然のマーシャルの申し出にレンは戸惑った。

「悪いが、俺とは、縁を切ってくれ」

マーシャルはレンを刺激しないように気を使いながら、レンの隙を窺った。

（そうだ、レンを油断させておいて、奴の脾臓を一突きにしてしまえ！）

マーシャルはレンの隙を窺って急所を狙ってきた。

「どうして……友達になったと思ったのに……」

マーシャルの殺気に気づいたレンは、涙を見せながら左のロングフックをマーシャルの右テンプルに叩き込んだ。

「そんな……バカな……」

マーシャルの右テンプルはレンの一撃のみで陥没骨折し、マーシャルはそのまま息を引き取った。

＊

レンは、ピースアイランドに帰る事を決意し、マナと会っていた。マナは口数が少ないものの、レンから逃げずに対峙した。マナはレンに確認するように訊いた。

「レン、ピースアイランドに帰るのね」

「ああ…………」

「私と一緒にここ、ビッグアイランドで暮らす事は出来ないのね」

「ああ…………」

「結局、私に手を出さなかったわね、私は望んでたのに」

「……ごめん……なさい……」

「シェルターシティに好きな子がいるのね」

「…………」

「あなた、一途なのね……見かけによらず……」

「……どうかな」

（そういうところも好きだったんだけどな……）

「じゃ、私、もう行くね」

「……うん」

「さよなら」

「さよなら」

レンは、マナの後ろ姿を暫く見つめていた。

＊

「レンが帰ってくる、レンがピースアイランドに帰ってくる」

シェルターシティから急遽ピースアイランドへと足を伸ばしたモモは、レンの帰りを待ちわびていた。

「長い旅行やった」

モモの顔を見るなり、レンは安心したように、呟いた。

「遅ーい、お前、いつまでクダ巻いてたんだ、どうせ浮気でもしてたんだろ」

そう言うなり、モモは思いっきりレンの顔を張った。

「痛ーっ」

レンはモモの洗礼に甘んじて耐えた。

「別に浮気はしてへんし……」

「心の浮気も浮気や」

「ごめん……なさい」

（すぐ謝るから始末に終えない……）

「こんなんじゃ、ウチ、改名出来ひん」

「改名って？……」

「レン、ウチ、モモからナナに改名しても良いのよ」

「ホンマ？　ホンマに？」

（やっぱりお義母さんの言う通り、食いついた）

「ホンマ……そうして、後は右側の口元と右肩のホクロで完璧やね」

「何が完璧よ、このマザコンがっ……その代わり、もう夜這いはさせないわ、私が欲しけりゃちゃんと口説きなさい」

「モモ、お前は不幸な女だ、可哀想な女だ、でもいい女だ、幸せになれる女だ。お前だけは俺がこの手で幸せにしてあげたい、やから勇気を振り絞って俺の気持ちを、愛を受け入れるんだよ♥　俺達、世間みんなが羨む恋愛をしているよ♥　結婚して一緒に住もう」

モモは今にも泣きそうになったが必死に涙を隠して言った。

「何よ、気が早い、で、どこに住むの、ピースアイランド？　それともシェルターシティ？」

「どっちでもエエで」

＊

「結局、落ち着くところに落ち着いたね、ママ」

コジローはレンとモモ改めナナの二人を見ながらナナに話し掛けた。

「本当に、あの子達は、仲が良いんだか悪いんだか、おばあちゃん、もうすぐ曾孫の顔が見れそうですよ」

エリナも笑って二人を見つめていた。

モモはナナと改名し、レンと結婚する事を決意した。

参考文献・資料

『岳人（クライマー）列伝』　村上もとか　小学館
『タスク』　笠原倫　秋田書店
『―密凶戦線―サンガース』　笠原倫　秋田書店
『怪物くん』　藤子不二雄Ⓐ　小学館
『嗚呼!!花の応援団』　どおくまん　双葉社
「ゴッドファーザーＰＡＲＴⅡ」　フランシス・フォード・コッポラ監督
　マリオ・プーゾ、フランシス・フォード・コッポラ脚本
　パラマウント・ピクチャーズ
「ザ・ファイト　拳に込めたプライド」　ウーヴェ・ボル監督　ティモ・ベルント脚本
　ボルＡＧ／ヘラルドプロダクション

著者プロフィール
濱田 恭徳（はまだ やすのり）
1963年４月生まれ
愛媛県出身、愛媛県在住
松山商科大学経営学部経営学科卒業
専門学校講師、会社員を経て現在に至る
本書が初の小説刊行となる

ムサシは戦場で散った

2023年７月15日　初版第１刷発行

著　者　濱田 恭徳
発行者　瓜谷 綱延
発行所　株式会社文芸社
〒160-0022　東京都新宿区新宿１－10－１
電話　03-5369-3060（代表）
03-5369-2299（販売）

印刷所　株式会社平河工業社

ISBN978-4-286-24298-9